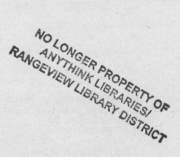

COMPROMISO TEMPORAL
NATALIE ANDERSON

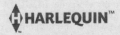

Editado por Harlequin Ibérica.
Una división de HarperCollins Ibérica, S.A.
Núñez de Balboa, 56
28001 Madrid

© 2017 Natalie Anderson
© 2018 Harlequin Ibérica, una división de HarperCollins Ibérica, S.A.
Compromiso temporal, n.º 2614 - 4.4.18
Título original: Claiming His Convenient Fiancée
Publicada originalmente por Mills & Boon®, Ltd., Londres.

I.S.B.N.: 978-84-9188-066-0
Depósito legal: M-4025-2018
Impresión en CPI (Barcelona)
Fecha impresion para Argentina: 1.10.18
Distribuidor exclusivo para España: LOGISTA
Distribuidor para México: Distibuidora Intermex, S.A. de C.V.
Distribuidores para Argentina: Interior, DGP, S.A. Alvarado 2118.
Cap. Fed./Buenos Aires y Gran Buenos Aires, VACCARO HNOS.

Capítulo 1

LAS NOTAS frenéticas del bajo y de la percusión resonaban en la oscura calle. El pulso de Kitty Parkes-Wilson latía con irritación por sus venas, casi al ritmo de la incesante música. Sin duda, era demasiado esperar que los vecinos se quejaran porque, seguramente, estaban deseando estar en la fiesta, desesperados por poder relacionarse con los nuevos ricos del barrio.

Alejandro Martínez. Antiguo asesor de gestión empresarial convertido en inversor de capital de riesgo. Millonario. Seductor y promiscuo. Juerguista. Y, desde que firmó los documentos hacía tres días, orgulloso dueño del hermoso edificio del centro de Londres que, hasta hacía efectivamente tres días, había sido el hogar de Kitty. La casa en la que había crecido, la casa que llevaba más de cinco generaciones en la familia hasta que su propio padre decidió aceptar el montón de dinero que le ofreció Alejandro Martínez para poder marcharse a su soleada casa de Córcega con su tercera joven y bella esposa y jubilarse tras saldar sus deudas, abandonar su fracasado negocio y dejar tirados a sus hijos.

Kitty podía aceptarlo todo. Casi todo. De todos modos, por mucho que le hubiera gustado, ella no podría haber comprado Parkes House. Sin embargo, lo que no podía aceptar era el hecho de que no se le hubiera informado antes de la venta y que algo que le pertenecía se hubiera quedado en la casa, algo que su padre no tenía derecho alguno a vender. No tenía intención alguna de tolerarlo. Kitty Parkes-Wilson iba a recuperarlo y nadie iba a poder impedírselo.

No era el valor del collar lo que lo convertía en algo tan importante. Su pérdida significaba que su mellizo, Teddy, tenía problemas y que su propio corazón los tendría también.

—No puedes hacer eso...

—No puedes impedírmelo —replicó ella en voz baja, apretándose el teléfono al oído y aminorando el paso dado que estaba llegando a su antiguo hogar–. Y sabes que puedo hacerlo.

—¡Maldita sea, Kitty! ¡Estás loca! Ni siquiera te lo has pensado bien... ¿Por qué te has precipitado tanto? Vuelve aquí para que podamos hablarlo...

Kitty sabía que, si se paraba a hablar demasiado tiempo, perdería el coraje.

—No. Estará demasiado ocupado de fiesta con sus modelos como para fijarse en mí.

Alejandro Martínez solo salía con supermodelos y las cambiaba por otras nuevas con relativa regularidad. Según lo que Teddy le había contado, la última de la lista era Saskia, la modelo de bañadores más importante de los Estados Unidos. Kitty se imaginó que con aquellas piernas distrayéndolo, el señor Martínez jamás se percataría de una invitada que no figuraba en su lista, sobre todo porque esa invitada conocía los secretos de la casa y cómo llegar sin que nadie la viera a la biblioteca, que estaba en el segundo piso.

—Estás seguro de que está en la biblioteca, ¿verdad?

—Sí, pero, Kitty, por favor, no estoy tan seguro de que...

—Te llamaré en cuanto haya salido, ¿de acuerdo? Deja de preocuparte.

Kitty cortó la comunicación antes de que su hermano pudiera responder. Necesitaba concentrarse y seguir confiando al máximo en sí misma. Miró rápidamente a ambos lados de la calle y saltó la valla. Dejó la pequeña bolsa que llevaba entre unos arbustos y se puso a trabajar.

Alejandro Martínez no iba a adueñarse del collar de diamantes de su tía abuela Margot. No se lo iba a poner a ninguna de sus muchas novias. Kitty prefería ir a prisión antes de permitir que pudiera ocurrir algo así. No iba a consentir que se convirtiera en un regalo para una amante temporal.

La llave de la puerta trasera seguía escondida en el mismo lugar del jardín donde ella la había ocultado casi una década antes. Nadie excepto Teddy y ella conocían su existencia ni el lugar en el que se encontraba por lo que, a pesar de la venta de la casa, no se le había entregado al nuevo propietario. La sacó en menos de diez segundos.

«Fase una: completa».

Se volvió a mirar a la casa. Estaba brillantemente iluminada y, al menos desde el exterior, en perfectas condiciones y parecía ser la joya de una fila de casas muy parecidas. Sin embargo, Kitty sabía que la verdad se ocultaba debajo de aquella fachada recién pintada.

Volvió de nuevo hacia la valla y cruzó hasta la esquina de la calle para acceder a la parte trasera de las mansiones. El corazón le latía a toda velocidad. Las luces estaban encendidas y vio a un muchacho en el fregadero de la cocina.

Entonces, irguió los hombros y levantó la barbilla. Abrió la puerta y entró. Sonrió débilmente al muchacho, que la observó atónito. Ella le mostró la llave y se llevó un dedo a los maquillados labios.

—No le digas que estoy aquí. Quiero darle una sorpresa —dijo mientras echaba a andar con seguridad hacia el pasillo.

El friegaplatos no la detuvo ni le dijo nada. Se limitó a volverse al fregadero para seguir con su tarea. Kitty había aprendido algunas cosas de asistir a las clases de arte dramático de Teddy a lo largo de los años. Sabía que lo mejor era actuar con seguridad. Fingir hasta conseguir lo que uno se proponía. Tenía que actuar como si aún fuera la dueña de aquel lugar para que la gente se lo creyera. Por eso, si avanzaba con normalidad, sonriendo y con una llave en la mano, ¿quién dudaría que tenía todo el derecho del mundo a estar ahí?

«Fase dos: completa».

Lo único que tenía que hacer era subir las escaleras hasta la biblioteca, sacar el collar y marcharse de allí tan rápidamente como le fuera posible. Sin embargo, la curiosidad fue más poderosa que ella. habían pasado meses desde la última vez que había estado en la casa y la nostalgia por lo que había perdido se apoderó de su corazón. ¿Habría hecho algún cambio en los tres días que Alejandro Martínez llevaba siendo dueño de la casa?

Aparentemente, le había gustado la calle y había estado llamando a las puertas de todo el mundo hasta encontrar a alguien dispuesto a vender. Su padre no solo había estado dispuesto, sino más bien desesperado. Alejandro había sido la respuesta a todas sus plegarias. Por eso, Alejandro había conseguido un buen trato. Casa, contenidos e incluso los coches.

El hecho de que su padre se deshiciera de la casa era una cosa, pero que hubiera vendido el hogar familiar sin decirles nada era imperdonable. Había vendido también todo lo que había en la casa. Allí, había cosas que a Teddy y a ella les podría haber gustado conservar, tesoros familiares que tenían valor sentimental. A Kitty no le importaba el valor material de las cosas. Había crecido sabiendo que la mayoría de todo aquello jamás le pertenecería. Su padre no había pensado en ella, aunque nunca lo había hecho. Sin embargo, por una vez, tampoco había pensado en Teddy. En realidad, a su hermano no le importaba, dado que así no tenía nada que le recordara unas expectativas que jamás habría podido cumplir. No obstante, estaba lo último que les quedaba de su tía abuela Margot, de la que Kitty había heredado el color de su cabello y la que le había dado la confianza y la alegría que tenía. La tía abuela Margot era su inspiración.

Kitty siguió avanzando hacia el lugar en el que sonaba la música y las carcajadas y miró hacia la puerta. Aunque habían suavizado las luces mucho más que en el resto de la casa, no se podía ocultar el estado lamentable de la pintura ni la gran reforma que necesitaba la mansión. Parecía que Alejandro no había dudado en sacar todos los muebles, jarrones y porcelanas que había en la sala para sustituirlos por tres docenas de hermosas mujeres. Sin duda, todas tenían que ser modelos. Le resultó extraño que todas aquellas mujeres estuvieran allí, relajadas y felices, a gusto en una sala en la que Kitty ya no podía estarlo.

Había sido un error asomarse a mirar.

Se dio la vuelta con seguridad en sí misma, aunque no demasiado rápidamente, para subir las escaleras. Mantuvo la cabeza alta, los hombros cuadrados y sonrió a una persona que la observaba desde el recibidor.

«Finge y lo conseguirás».

El volumen de la música fue disminuyendo a medida que subía. Cuando llegó al segundo piso, se había convertido en una música de fondo prácticamente soportable. Allí no había nadie. Seguramente faltaban aún muchas personas por llegar a la fiesta. Kitty había decidido entrar en el momento justo. Había suficientes personas como para que pudiera pasar desapercibida, pero no demasiadas como para que los invitados estuvieran por todas partes.

Se asomó brevemente a la habitación principal y vio que estaba llena de cajas y muebles, los que pertenecían a la planta de abajo. Siguió andando por el pasillo hasta llegar a la puerta de la biblioteca. Como estaba cerrada, se detuvo un instante para escuchar. No escuchó nada, por lo que, no sin cierto nerviosismo, abrió la puerta. Decidió dejarla abierta para que entrara la luz del pasillo y poder moverse por la biblioteca sin dar la luz. Sonrió al ponerse de puntillas frente a las estanterías. Aquella casa escondía muchos secretos que su dueño nunca sabría. El placer que sintió era casi infantil, pero le hizo sentirse mejor por el modo en el que él se había adueñado de su casa.

En la quinta estantería, detrás del cuarto libro a la izquierda, había una pequeña palanca. La accionó y escuchó cómo se abría una pequeña cavidad. No tuvo que sacar el resto de los libros. Se trataba tan solo de una caja fuerte muy pequeña, lo suficientemente grande para unas cuantas notas escritas por unos niños aburridos y un collar de diamantes engastados en platino que dejó allí su olvidadizo y adorado hermano.

Kitty lo agarró inmediatamente y suspiró aliviada. Había tenido miedo de que no estuviera allí, dado que los recuerdos de Teddy no eran siempre exactos. Sin embargo, ya tenía los diamantes y podría devolverlos a quien pertenecían. No quería defraudar a la tía abuela Margot, aunque Margot ya solo estuviera viva en su recuerdo.

Tragó saliva y se puso la gargantilla. Entonces, deslizó el dedo alrededor de su cuello para asegurarse de que el broche estaba bien cerrado. Sintió un gran peso en el corazón.

Aquellos eran los únicos diamantes que Margot se había puesto en toda su vida. Se los había comprado ella misma. Había afirmado que no necesitaba que ningún hombre le comprara joyas y había vivido toda su vida desafiante e independiente, negándose a dejarse llevar por las expectativas de nadie. Margot había estado muy por delante de su tiempo y Kitty la admiraba por ello.

Deseó que la gargantilla pudiera ser suya para siempre, pero le pertenecía a Teddy por derecho de nacimiento y su hermano ya había tenido que renunciar a todo lo demás. Kitty no tenía nada que perder.

Se soltó el cabello que se había recogido en lo alto de la cabeza mientras estaba en el tren. Marcharse con un aspecto diferente al aspecto con el que había llegado formaba parte del plan. Además, su cabello servía para otro propósito: el de ocultar el collar. Volvió a accionar la palanca y el compartimiento se cerró.

«Fase tres: completa».

Satisfecha, se dio la vuelta para marcharse. Entonces, se percató. La silueta de un hombre la observaba desde la puerta. Se quedó completamente inmóvil, aterrorizada. Con la falta de luz, le resultaba imposible ver su rostro, pero notó que tenía un teléfono en la mano. Era muy alto y corpulento. Le resultaría imposible escapar.

—¿Hola? —preguntó. Deseó no haber sonado tan asustada.

El hombre no respondió. El corazón comenzó a latirle con fuerza en el pecho. ¿Se trataría de alguien de Seguridad? ¿Cuánto tiempo llevaría observándola? ¿Habría visto lo que ella había hecho?

—No llevaba un collar cuando llegó —dijo el hombre muy lentamente—. Sin embargo, ahora sí lo lleva.

—Si llama a su jefe, se lo explicaré —replicó ella tratando de trasmitirle autoridad.

—Me llamo Alejandro Martínez —repuso él—. El jefe soy yo.

Era el diablo en persona. Kitty se echó a temblar.

Él cerró la puerta lentamente. Durante un instante, la biblioteca quedó sumida en una total oscuridad antes de que encendiera la luz. Cuando Kitty pudo centrar por fin la vista, se dio cuenta de que estaba a menos de medio metro de ella. Ya no tenía el teléfono en las manos.

Kitty tragó saliva. Era muy alto. Ella no era de baja estatura y, aun así, tenía que inclinar el rostro para poder mirar el de él. Su cabello era castaño oscuro y era tan guapo que debería haber sido prohibido para evitar daños en las mujeres. Tenía el rostro muy masculino, con su piel morena, unos rasgos muy marcados y unos ojos serios y penetrantes.

Con gesto de nerviosismo, Kitty se tocó el cabello con la esperanza de poder colocárselo sobre la garganta. Sabía que no podía escapar. Solo había una salida y él había cerrado la puerta.

—No sirve de nada tratar de ocultarlo ahora –se mofó él. Los ojos le brillaban como el ónice pulido.

Lentamente, le apartó el cabello y centró la penetrante mirada en el cuello, para luego deslizarla por el cuerpo de Kitty. Senos, cintura, piernas... Cada parte del cuerpo de ella pareció sensibilizarse.

—Un collar de diamantes para una astuta gata ladrona. Muy apropiado.

Kitty sintió horrorizada cómo su cuerpo reaccionaba a la mirada de aquel hombre y a sus palabras. La piel pareció tensársele. Las mejillas se le ruborizaron y experimentó una extraña sensación en el vientre. Dio un paso atrás. Alejandro Martínez no era de su gusto. Demasiado evidente. Demasiado forzado. Demasiado... todo.

—Una gata pelirroja –añadió él–. Bastante extraño.

Kitty se tensó. Siempre había odiado su cabello. En una ocasión se lo había teñido de oscuro, pero eso tan solo había conseguido que su piel casi transparente y sus millones de pecas resaltaran más. Al final, se había convencido de que era mejor volver a la naturalidad y hacerse a la idea de que nunca iba a ser una belleza.

—¿Sabía lo de la estantería? –preguntó ella tratando de hacerse la dueña de la situación.

–Ahora sí. ¿Qué otros secretos sabe sobre esta casa? ¿Qué más está pensando en robar?

Kitty se limitó a mirarlo en silencio, esperando ver cuál era su siguiente movimiento. No pensaba decirle nada, ni sobre la casa ni sobre sí misma ni sobre el collar.

–Deme el collar –le dijo él con firmeza.

Kitty negó con la cabeza. Alejandro Martínez la miró fijamente, con un gesto de depredador en el rostro. Su mirada se encontró con la de ella y Kitty sintió un fuerte calor en el vientre, un calor que la escandalizaba y que amenazaba con destruirla.

–Es muy valioso –prosiguió él, acercándose un poco más.

–Sabe que no le pertenece –replicó Kitty por fin dispuesta a no dejarse intimidar.

–Me apuesto algo a que tampoco es de usted.

Kitty deseó poder responderle que se equivocaba. Aquel hombre se había hecho el dueño de todo lo que ella más amaba. No iba a permitirle que se quedara también con el collar. No obstante, no pudo evitar que un rubor delatara la culpabilidad que sentía. Tal vez los diamantes no le pertenecieran a ella legalmente, pero sí sentimentalmente.

–Es mío para poder llevármelo.

Nadie amaba ese collar como ella. Kitty había adorado a la mujer a la que le había pertenecido.

Alejandro sacudió la cabeza lentamente.

–Esta casa y todo lo que contiene me pertenece a mí ahora –dijo él con una leve sonrisa–. Viendo que usted insiste tanto en quedarse, supongo que eso la incluye a usted también.

Kitty no le pertenecía a nadie, y mucho menos a él.

–En realidad, ya me marchaba –le espetó ella fríamente.

–No.

La sonrisa desapareció de sus labios y Martínez agarró a Kitty por la muñeca. Ella trató de soltarse sin conseguirlo.

—Creo que tanto el collar como usted permanecerán en mi posesión hasta que encontremos al dueño legítimo. De ambos.

Kitty deseó creer que solo intentaba provocarla, pero le daba la sensación de que hablaba en serio. Evidentemente, estaba acostumbrado a controlarlo todo. Kitty no quería decirle la verdad sobre los diamantes. No apelaría a su lado más sensible, porque era evidente que no lo tenía.

La presión que ejercía en la muñeca aumentó e, inexorablemente, Martínez fue tirando de ella hasta tenerla contra su cuerpo.

—¿Qué está haciendo? –gimió cuando él le deslizó la mano firmemente por el vientre.

Alejandro no respondió. Le rodeó la cintura con el brazo. Era una mujer muy delgada. Tenía pocas curvas, al contrario de las mujeres con las que él se relacionaba. Sin embargo, había algo en ella que lo atraía profundamente. Era muy diferente. Iba vestida completamente de negro, con unos ceñidos pantalones tres cuartos y un jersey del mismo color que enfatizaba su altura y su esbeltez.

—¿Está abusando de mí? –le espetó ella, escandalizada, pero desafiándole al mismo tiempo.

—Estoy comprobando que no lleve un arma escondida –replicó. Sin embargo, aquella pregunta lo puso a la defensiva. Él jamás asaltaría a ninguna mujer. No era como... No.

Centró su atención en la bella prisionera y no en su pasado. Los ojos de aquella mujer eran como armas y parecían lanzarle dagas. Aquella actitud le hizo sonreír. Tras apartar aquel recuerdo de su pasado, se sintió más tranquilo y le quitó el teléfono de donde ella se lo había metido, en la cinturilla de los pantalones.

La soltó para mirar el teléfono. Descubrió que en la funda tenía un par de bolsillos en los que llevaba una tarjeta bancaria y un carné de conducir. Perfecto.

—Catriona Parkes-Wilson —dijo leyendo el nombre en voz alta mientras la observaba para ver cómo reaccionaba.

Ella se sonrojó de nuevo, pero los ojos verdes centellearon con fiereza. Era una mujer muy atractiva.

—Kitty —le corrigió ella rápidamente.

Catriona, o Kitty, Parkes-Wilson era la hija del hombre que le había vendido la casa.

Alejandro habría pensado que los diamantes eran de ella, pero parecía tan culpable que estaba empezando a dudarlo. Tenía que asegurarse. De todas maneras, estaba clara su presencia en la casa aquella noche. Había ido para llevárselos.

Se trataba de la típica heredera mimada, acostumbrada a salirse con la suya y a hacer cualquier cosa para conseguir lo que deseaba. ¿Acaso no había podido pedírselos? La astuta Catriona prefería tomar lo que quería. Sin duda, estaba acostumbrada a causar problemas a cada paso que daba.

Decidió que sería divertido enseñarle una lección de cortesía antes de demostrarle lo que significaba la posesión.

—Catriona... estoy encantado de recibirte en tu anterior residencia. Bienvenida.

Los miembros de su equipo de seguridad le habían informado de la poco ortodoxa llegada, pero Alejandro ya la había visto desde una ventana de la planta superior, adonde se había retirado para descansar un momento de la fiesta. Ella había subido las escaleras como si pensara que era invisible, como si un cabello del color de una fogata de otoño pudiera pasar desapercibido a pesar de llevarlo recogido. En aquellos momentos, mientras le caía suelto sobre los hombros, Alejandro estaba sintiendo la tentación de enredar los dedos en sus rizos y estrecharla entre sus brazos para besarla...

Sin embargo, no pensaba ceder a aquella inesperada oleada de deseo.

Alejandro disfrutaba del sexo y no le faltaba en su vida, pero hacía ya tiempo desde la última vez que experimentó un deseo tan repentino por una mujer. Le resultaba algo irritante dado que siempre presumía de su autocontrol y no estaba dispuesto a explorar la tensión sexual que había entre ellos. Aún no. Le resultaría más divertido poner en su lugar a aquella princesa petulante. Había conocido a muchas personas que no habían trabajado en su vida y que no conocían lo que eran las dificultades. Catriona Parkes-Wilson necesitaba aprenderlo.

Se le ocurrió una idea de repente, como solía pasarle, pero en aquel caso los músculos se le tensaron de anticipación.

—Si no te quedas aquí esta noche como si fueras mi acompañante, llamaré a la policía. Tú decides.

—¿Su acompañante? —preguntó ella muy sorprendida.

Alejandro sabía que ella había experimentado la misma tensión sexual que él y parecía que tampoco le gustaba mucho. Inexplicablemente, eso mejoró su buen humor. Haría que ella se disculpara y luego, si la disculpa era buena, tal vez la poseería.

—¿La policía? —añadió ella rápidamente. Parecía casi aliviada.

¿Prefería la segunda opción? Tenía que hacerle ver que eso no sería lo mejor para ella.

—Tus huellas están por todas partes...

—Claro que lo están —replicó Kitty en tono burlón—. ¿Acaso no recuerda que viví aquí?

–Y tu imagen está en mis cámaras de seguridad –concluyó él. Ese comentario la silenció–. No puedo seguir ignorando a mis invitados mientras hablamos de tu situación. Permanecerás a mi lado hasta que haya tenido tiempo de ocuparme de ti. No te voy a perder de vista ni un solo instante. Las gatas son muy escurridizas y no pienso consentir que tú te alejes de mi lado ni un solo instante... y espero que te comportes adecuadamente.

Kitty lo miró con desprecio. Pensar que se iba a convertir en su acompañante aquella noche le debería resultar muy desagradable, por lo que se sintió muy escandalizada al sentir la deliciosa anticipación que le recorrió la espalda al pensar en ello. ¿Qué era lo que le ocurría?

Alejandro se inclinó ligeramente hacia ella y sonrió. Dios santo... Era tan guapo...

–Catriona...

Kitty no podía apartar la mirada de las profundas simas de aquellos ojos negros. Los labios se le separaron como si le costara respirar y el corazón le latía a toda velocidad. La anticipación le recorrió todo el cuerpo. ¿Iba a besarla? ¿Iba ella a permitírselo? ¿Dónde había ido su fuerza de voluntad?

Alejandro estaba tan cerca en aquellos momentos que ella podía sentir su aliento en la piel. Los ojos oscuros resultaban hipnóticos, por lo que Kitty sencillamente no era capaz de moverse. Entonces, sintió la calidez de los dedos de Alejandro en la nuca y se echó a temblar. Trató de contener un suspiro de asombro, pero ya era demasiado tarde. Él le había desabrochado el collar sin que ella se hubiera percatado de su intención. En aquellos momentos, lo único que podía hacer era ver cómo él daba un paso atrás y se metía la gargantilla en el bolsillo interior de la chaqueta.

Le había quitado el collar sin que ella hiciera nada al

respecto. Había estado inmóvil, como una estúpida, y había permitido que él le quitara el collar. Había dejado que su apostura y el magnetismo sexual que emanaba de él la dejara incapaz de reaccionar. ¿Cómo se podía ser tan necia?

—No puedo ser tu acompañante —le espetó ella, furiosa consigo misma.

—¿Por qué no?

—Ya tienes novia. Saskia no sé qué —rugió—. No pienso ayudarte a que engañes a otra mujer —añadió. Ella sabía muy bien lo mucho que dolía aquello—. Así que adelante, llama a la policía.

Kitty no pensó que fuera a hacerlo, pero, para su sorpresa, se sacó el teléfono móvil del bolsillo. Ella le observó atónita, con la respiración entrecortada, y comprobó que marcaba un número y se llevaba el aparato al oído. Solo esperaba poder mantener al margen a Teddy...

—Saskia, cielo. Quiero ser sincero contigo y decírtelo antes de que te enteres por terceras personas. He conocido a otra mujer.

Kitty se quedó boquiabierta. ¿Había llamado a su novia la modelo para romper con ella?

—Sé que parece repentino, pero a veces la vida es así...

Dios santo.

La conversación fue breve y el arrogante canalla estuvo sonriéndole a ella todo el tiempo.

—¿Acabas de romper con ella? —le preguntó al ver que daba por terminada la llamada—. ¿Por teléfono?

—Cuatro citas no constituyen una relación —replicó él encogiéndose de hombros mientras volvía a guardarse el teléfono.

—Y, de todos modos, tú nunca pasas de las cinco.

Ese dato se lo había dado Teddy.

—¿No? —preguntó él frunciendo el ceño—. En realidad, nunca las cuento.

—Eso no se puede hacer...

—Pues acabo de hacerlo...

—¿Y no te importa?

—No. Y a ella tampoco. Los dos sabíamos lo que había.

¿Y qué era lo que había? ¿Unas cuantas horas sin sentimiento alguno en la cama?

—¿Estás seguro de eso?

—Completamente. Ahora, ya no tienes que tener escrúpulo alguno en convertirte en mi acompañante esta noche.

—De ninguna manera... No tienes corazón.

—Si ese es el caso, tendré que llamar a la policía —dijo mientras hacía ademán de sacarse el teléfono móvil del bolsillo—. Como es natural, presentaré cargos. Es inaceptable que una persona pueda entrar en casa de otra para llevarse lo que pueda encontrar.

Kitty entornó los ojos. Sabía que él estaba jugando. Si hubiera querido llamar a la policía, ya lo habría hecho.

—Harás todo lo que sea necesario para conseguir lo que quieres, ¿verdad?

Alejandro sonrió como si no se avergonzara en absoluto.

—Siempre.

Sin duda, la chantajearía, la obligaría y pelearía sucio sin que le importara lo más mínimo.

Kitty lo miró fijamente. Tenía una seguridad en sí mismo ofensiva. Disponía de las mujeres como lo hacían las personas normales con la leche, bebiéndosela y deshaciéndose del envase cuando ya no les resultaba de utilidad. ¿Cómo era posible que alguien tan superficial pudiera resultar tan atractivo? Alejandro Martínez necesitaría llevar una señal de peligro en la frente. Sin embargo, tenía un montón de mujeres en la planta de abajo dispuestas para convertirse en la siguiente. Su aspecto y su carisma hacía que todo, mujeres incluidas, le resultara demasiado fácil.

Él le dedicó una suave y elegante sonrisa.

–¿Qué vas a hacer, Catriona? ¿Va a ser una noche conmigo a tu lado o una noche en la cárcel?

El cuerpo de Kitty reconocía la belleza de Alejandro, pero su cerebro sabía que él era un canalla calculador. Kitty decidió que debía asegurarse de que el cerebro ganara aquella batalla. Estaba segura de que no le interesaba a él en absoluto. Alejandro Martínez solo quería enseñarle una lección. Evidentemente.

Sin embargo, era él quien la necesitaba. A Kitty le hormigueaba la palma de la mano, pero nunca había recurrido a la violencia. Nunca. Por ello, no iba a permitir que aquel diablo la hiciera convertirse en alguien que no era.

Tampoco iba a permitir que ganara. No sabía lo que Alejandro Martínez pensaba que iba a conseguir por obligarla a quedarse con él durante su fiesta, pero Kitty no pensaba consentirlo. Haría que la noche fuera lo más difícil posible para él. Después, le contaría la verdad y exigiría que le devolviera los diamantes de Margot.

–No llames a la policía –respondió por fin–. Seré tu acompañante.

Alejandro entornó ligeramente la mirada y sonrió de un modo absolutamente arrebatador. Entonces, volvió a meterse el teléfono en el bolsillo y extendió la mano para agarrar la de Kitty y entrelazar los dedos con los de ella.

–No pensé ni por un instante que no fueras a serlo.

Capítulo 2

ESTÁS muy seguro de ti mismo –dijo Kitty tras contener el aliento durante un instante para intentar aminorar los latidos de su corazón.

–Estoy muy seguro de la gente. Es muy previsible.

Ciertamente, él no lo era. Y Kitty se negaba a serlo, al menos para él.

–¿Qué es lo que quieres de mí? –le preguntó. Trató de soltar la mano de la de él, pero Alejandro no la soltó.

–¿Qué crees tú que quiero yo de ti? –repuso él con una sonrisa.

–Si lo supiera, no te lo habría preguntado –le espetó ella levantando la barbilla.

–Tu tiempo –dijo él tras unos segundos–. Tu total atención. Y, cuando todos los invitados se hayan marchado, saldaremos cuentas.

–¿Que saldaremos cuentas? ¿Cómo? –preguntó ella. Experimentó una sensación en el vientre que la dejó medio horrorizada y medio intrigada.

Alejandro le dedicó una pícara sonrisa.

–Creo que ya lo has adivinado.

Era imposible que se refiriera a *eso*. Se sonrojó.

–Nunca. Eso no va a ocurrir.

Alejandro se echó a reír. Soltó la mano de Kitty para lanzar las suyas al aire. De repente, estaba muy animado.

–¿Ves? Previsible –dijo. Aquel elemento extranjero que había bajo su acento estadounidense se profundizó deliciosamente.

¿Estaba burlándose de ella? No debería sentirse desilusionada, pero lo estaba. Alejandro Martínez tenía mucha práctica en asuntos de seducción y estaba demasiado seguro de su propio atractivo.

–No me interesas de ese modo en lo más mínimo –dijo ella. Estaba decidida a dejarlo claro lo más pronto posible.

–Por supuesto que no... –comentó él mientras se dirigía hacia la puerta.

–Lo digo en serio. Si intentas algo...

–Bueno, será difícil –dijo él con un dramático suspiro–, pero trataré de controlar mis impulsos.

En aquellos momentos, Kitty se sintió una necia. Por supuesto que Alejandro no se sentía interesado en ella de ese modo. No tardaría en llamar a Saskia por teléfono para arreglarlo con ella o se marcharía con una de las modelos que había en el salón.

De repente, se dio la vuelta y la sorprendió mirándole.

–Te pones muy hermosa cuando estás enojada –le dijo provocativamente–. ¿Es tu genio tan fiero cuando te enfadas como el color de tu cabello?

Kitty se negó a responderle. Había sido una estúpida... Debería haber escuchado a Teddy y haberse tranquilizado antes de decidir ir a aquella alocada misión.

–Si eres buena como acompañante, tal vez te dé una recompensa....

–Lo único que quiero es el collar –replicó ella.

Alejandro se acercó a ella y volvió a agarrarle la mano para tirar de ella hacia la puerta.

–¿Y qué piensas decirles a tus invitados sobre mí?

–Nada –repuso él perplejo.

Evidentemente, la opinión de los demás no le importaba en absoluto. Kitty trataba también de no dejarse afectar por lo que opinaran los demás, pero aún existía una parte dentro de ella que ansiaba agradar a alguien. A cualquiera. A todos. Trataba por todos los medios de proteger su estúpido y vulnerable corazón. Durante mucho tiempo, su autoestima había estado ligada a la opinión de los hombres. Primero su padre y luego su prometido.

Al llegar a las escaleras, dudó. Alejandro ya casi estaba en el primer escalón para bajar, pero se dio la vuelta. Sus ojos estaban casi al mismo nivel que los de Kitty.

–Vamos, acompañante de mala gana –le dijo con aquel divino acento–. Baja y compórtate como una silenciosa mártir.

¿Era aquello lo que esperaba de ella? Su estado de ánimo cambió de repente. Se convertiría en el alma de la fiesta, algo que casi nunca era. Teddy era el que normalmente ocupaba el centro de atención y ella su más ferviente admiradora. Sin embargo, aquel comentario de Alejandro le había dado una inesperada energía. Por fin tenía algo a lo que enfrentarse.

–Evidentemente, estás muy aburrido con tu vida –le dijo mientras le colocaba la mano sobre la parte superior del brazo, inclinándose como si fuera una adoradora amante.

Había esperado que él se apartara de su lado, pero no lo hizo. Su sonrisa se amplió.

–¿Porque tengo que obligar a una mujer a que sea mi acompañante en una fiesta?

–Exactamente –murmuró ella tratando de no pensar en el tamaño y en la firmeza de los músculos que sentía debajo de la tela de la chaqueta–. Debes de estar muy hastiado si tratas de añadirle un poco de interés de esta manera.

Alejandro se echó a reír.

–No tengo tiempo de ocuparme de ti del modo que me gustaría. Tengo que pasar tiempo con mis invitados. Ya nos ocuparemos el uno del otro más tarde.

Kitty no sabía si aquello era una promesa o una amenaza. Peor aún. No estaba segura de lo que quería que fuera.

—¿No te parece que llevarme a la fiesta contigo es un riesgo? ¿O de verdad piensas que soy tan previsible?

—Se me da muy bien correr riesgos —contestó él sin rastro alguno de humildad—. En mi experiencia, cuanto mayor es el riesgo, mayor es la recompensa.

—¿Así que yo soy de alto riesgo?

Alejandro dudó un instante antes de contestar.

—No tienes miedo de ponerte en primera línea. Eso hace que resultes interesante.

Kitty no quería ser interesante. No quería sentir placer alguno porque él le hubiera dedicado un cumplido.

Por fin terminaron de bajar las escaleras. Kitty rechazó la copa que él le ofreció. Decidió que tenía que tener su capacidad intelectual al máximo para poder enfrentarse a Alejandro después de la fiesta, fuera cual fuera la manera en la que él había pensado que debían saldar cuentas.

Tal vez debería haberle confesado lo del collar cuando tuvo la oportunidad...

No sabía qué era lo que había esperado de Alejandro cuando estuvieran en la fiesta, pero ciertamente no era la cortesía y la caballerosidad que él le dedicó. La presentó a todos los invitados. Muchos eran estadounidenses como él y estaban allí para divertirse todo lo que pudieran. Las primeras personas a las que la presentó la miraron con claro desinterés. Evidentemente, estaban acostumbrados a que Alejandro apareciera cada noche con una nueva mujer. Por eso él se había sorprendido tanto cuando le preguntó qué les iba a decir a sus invitados sobre ella.

—Os presento a Catriona —le dijo al cuarto grupo junto al que se detuvieron.

—Kitty —le corrigió ella dulcemente, una vez más,

mientras extendía la mano a la más cercana de las tres mujeres–. Soy su acompañante especial para esta noche.

Las tres levantaron las cejas al unísono.

–¿Especial? –le preguntó una de ellas mientras le lanzaba una penetrante mirada.

–Tuve que prometérselo o romper las esposas –comentó Alejandro.

La sensualidad de aquella respuesta recorrió a Kitty de arriba abajo... y también al resto del grupo. Abrió los ojos de par en par y luego los entornó. Sin embargo, solo ella comprendió la verdad de aquellas palabras. Solo ella sabía que no se refería a un juguete sexual, sino a las esposas de acero. No obstante, ni siquiera aquella imagen le resultaba tan repelente como debería serlo... sobre todo si se imaginaba a Alejandro con las esposas y la llave en las manos.

Él dio por terminada la conversación y la animó a seguir andando. La mirada que le dedicó parecía indicar que comprendía lo que ella estaba pensando. Kitty se negó a dejar que la sonrisa le abandonara los labios. Había decidido que brillaría en aquella fiesta, le costara lo que le costara.

No fue tan difícil como se había imaginado, porque él la hacía reír con facilidad. Se mostraba extremadamente encantador. Kitty no tardó en comprender por qué había tantas mujeres presentes. Alejandro tenía carisma. Sabía mirar a una mujer como si ella fuera la única persona del mundo que le importara en aquel momento. Era un talento aterrador e injusto. Un talento que compartía con todo el mundo. Por ejemplo, en aquellos momentos la llevaba a ella de la mano, pero hablaba con todo el mundo del mismo modo.

Kitty no tardó en darse cuenta de que los invitados los miraban atentamente. Alejandro no se movía de su lado, ni dejaba de tocarle alguna parte del cuerpo: mano, espalda, brazo... No tardó en rodearle los hombros con el brazo y estrecharla contra su cuerpo.

Los invitados empezaron a fijarse más y más en ella. Kitty oyó comentarios de pasada mientras iban de una habitación a otra. Escuchó que se susurraba su nombre y que las miradas de soslayo se convertían en miradas de especulación.

Si Alejandro se dio cuenta, no dijo nada. Sin embargo, sus gestos de atención se hicieron más aparentes. De repente, la condujo a un rincón y se acercó a ella como si quisiera aislarla del resto de los invitados.

—Parece que estás causando un buen revuelo.

—Yo no.

—Claro que eres tú —comentó él riéndose.

—¿Disfrutas interfiriendo en las vidas de la gente?

—¿De qué modo estoy yo interfiriendo en tu vida? —le preguntó mientras levantaba las cejas—. No exageres de ese modo por tener que pasar una noche a mi lado. No va a cambiar tu mundo.

—¿No? —replicó ella frunciendo el ceño en un gesto a medio camino entre la burla y la desilusión—. Yo pensaba que cualquier mujer que pasara una noche con el maravilloso Alejandro veía que su mundo cambiaba de arriba abajo.

—Eres una descarada —dijo él riéndose de nuevo—. Vamos, sigamos charlando con los invitados.

—¿Tenemos que hacerlo, cariño? —repuso ella.

La mirada que él le dedicó le prometía venganza absoluta. Kitty levantó la barbilla. Se sentía más animosa que nunca. Eso la animó a mirar a su alrededor. Se dio cuenta de que todo lo que había pertenecido a su familia había desaparecido para verse reemplazado por copas de champán usadas y bandejas con delicias que aún no había probado. Se preguntó con gran pena qué habría hecho él con los muebles y los objetos de decoración que ella tanto había admirado. Seguramente estaban guardados de mala manera en las cajas que había visto en el dormitorio principal.

–Alejandro –le dijo una mujer desde prácticamente el otro lado de la sala mientras se acercaba a ellos a grandes zancadas–. Saskia me acaba de enviar un mensaje –añadió mientras miraba con frialdad a Kitty–. Ciertamente, me ha dejado sin palabras.

–¿Sí? –replicó Alejando sin mucho interés mientras estrechaba a Kitty un poco más contra su cuerpo.

Ella deseó que no hiciera eso. Sentir el cuerpo de Alejandro contra el suyo la distraía, pero estaba segura de que él lo hacía sin pensar, tan acostumbrado estaba de tener una mujer a su lado.

–Dice que has conocido a otra mujer.

–Sí, esa soy yo –anunció Kitty antes de que Alejandro tuviera oportunidad de hablar–. Cuando me canse de él, puede quedárselo.

Se produjo un incómodo silencio. Alejandro se quedó completamente inmóvil y la mujer perdió la expresión de seguridad en sí misma que había tenido hasta entonces.

Luego, Kitty escuchó que Alejandro respiraba profundamente y se preparó. ¿Iba él por fin a decirle que se marchara?

No fue así. Él la estrechó con más fuerza contra su cuerpo.

–Pero, cielo –susurró–. Es mi intención asegurarme de que nunca te canses. Ahora, si nos perdonas –le dijo a la otra mujer–, me gustaría tomarme una copa con Catriona. Creo que la necesita.

–¿Cuántas veces te tengo que decir que me llames Kitty? –musitó ella mientras Alejandro le apretaba con fuerza la mano y tiraba de ella.

Él le dedicó una sonrisa y le apretó la mano un poco más fuerte.

–¿Qué vas a tomar?

Kitty era consciente de que todo el mundo los estaba mirando.

–¿Tienes cianuro en el champán?

–Te guardaré un poco para luego, cuando llegue el momento de enfrentarte a un destino peor que la muerte. ¿Es así como lo decís aquí? –añadió con tono jocoso.

–Ya te he dicho que eso no va a ocurrir. Nunca.

Alejandro se detuvo y se giró para mirarla. Aparentemente, no le preocupaba que todo el mundo los estuviera mirando. Entonces, la estrechó entre sus brazos.

–¿No? ¿Ni siquiera un beso para pedir disculpas? –le preguntó. Lenta y deliberadamente, le deslizó el pulgar por el labio inferior–. Me parece que la señora protesta demasiado... Tal vez sea lo contrario lo que desee...

–Y a mí me parece que el caballero en cuestión es un canalla con un ego desmesurado.

Alejandro la miró fijamente con expresión encantada. La observaba como si se tratara de una propiedad. Se notaba que estaba disfrutando con la incomodidad que ella mostraba. Se le notaba por el brillo que tenía en los ojos, pero el contacto con su cuerpo hacía que Kitty fuera más y más consciente de su masculinidad y de su magnetismo.

Kitty se apartó de su lado y siguió andando.

Era su reputación lo que le hacía sentirse tan consciente de él. Toda su historia, la lista de conquistas de las mujeres más deseadas del mundo. Sin embargo, no solo era eso. No se podía negar la perfección física y la suprema seguridad que lo acompañaban.

Era imposible mantener la mirada apartada de él durante mucho tiempo. Kitty nunca había conocido a nadie como él y había tenido relación con muchas personas muy refinadas y ricas a lo largo de su vida. Sin embargo, todas ellas se escudaban en ropa de diseño, joyas y dinero, sin los cuales no eran nada. Alejandro, incluso completamente desnudo, sería capaz de cautivar a quien deseara. Desgraciadamente, a Kitty le daba la sensación de que tenía intención de conquistarla a ella. De hecho, pensaba que ya lo había hecho.

El hecho de que todos los invitados estaban pendientes de ellos resultaba más evidente a cada instante que pasaba. Kitty sentía un millón de miradas sobre la piel, pero luchaba por mantener la sonrisa. No iba a perder la seguridad en sí misma. Iba a mantener la cabeza alta y capear como fuera las horas que faltaban para que terminara la fiesta.

Fue entonces cuando reconoció a dos de las mujeres que estaban en el lado opuesto de la sala. Una pequeña representación británica. Kitty sintió que se le caía el alma a los pies. Por supuesto que ellas tenían que estar allí. No había visto a Sarah desde hacía meses, pero se imaginaba que no había cambiado desde entonces. Era una amiga de la infancia de James y nunca había aprobado que James se comprometiera con Kitty. Estaba con otra pareja que también eran del «equipo James». La habían visto y estaban empezando a dar vueltas alrededor de ella como si fueran un grupo de tiburones a punto de devorar a una presa.

—¡Kitty Parkes-Wilson! —exclamó la primera en voz alta.

—Hola, Sarah —respondió ella apartándose un poco de Alejandro. Él estaba hablando de negocios con un amigo y Kitty esperaba que no pudiera escuchar aquella conversación.

—Anda que verte aquí después de tantas semanas... —comentó Sarah.

—¿Te refieres a en mi antigua casa la misma semana en la que la hemos perdido? —repuso Kitty sonriendo muy a su pesar—. Qué cosas tiene la vida, ¿verdad?

—Ni que lo digas —dijo Sarah. Alejandro le agarró de

nuevo la mano a pesar de que estaba hablando con otras personas–. Jamás pensé que te convertirías en otra de las conquistas de Alejandro.

–No lo soy. Solo estoy aquí porque él me ha obligado a quedarme.

Sarah levantó las cejas muy asombrada y luego soltó una carcajada.

–¿Que te ha obligado? –dijo riéndose–. Sí, claro. Ya lo veo. Hacía mucho tiempo que no te veíamos. Te marchaste de Londres con tanta prisa...

Sarah era una mala persona al sacar el tema a colación. Claro que Kitty se había marchado precipitadamente. Se había sentido muy herida. Acababa de descubrir que James no la quería. Tan solo buscaba la riqueza que creía que la acompañaba. Cuando descubrió que no había dinero, ni siquiera se molestó en romper con ella antes de buscarse una sustituta. Por eso, apenas seis meses después de su ruptura, ya estaba prometido con otra mujer rica y guapa a la que no parecía importarle su trayectoria amorosa.

–¿Significa eso que ya te has olvidado de James?

Kitty sabía que no había sido culpa suya, pero seguía doliéndole. Había creído de corazón que James la amaba. Ella se había sentido tan desesperada por conseguir afecto y atención, tan deseosa de que un hombre por fin la amara, que no había sabido ver que tan solo la quería por su dinero.

Había sido una estúpida y lo era mucho más por permitir que aquella mujer le hiciera daño. Por ello, se irguió y canalizó las enseñanzas de la tía abuela Margot.

–Oh, sí –le dijo a Sarah con una sonrisa–. No quería hacerlo público aún, ¿sabes? Tal y como has dicho, ha sido una semana muy estresante.

Sarah abrió los ojos de par en par y se inclinó un poco más hacia ella.

–¿Hacer público qué?

–Nuestra relación –respondió Kitty como si fuera evidente.

–¿Tu relación? ¿Te estás refiriendo a Alejandro? ¿Eres la razón por la que compró esta casa? ¿Te la ha comprado a ti?

Resultaba increíble cómo la más pequeña sugerencia podía convertirse rápidamente en algo fuera de control.

–Es un secreto, ¿sabes? –murmuró Kitty sin sacar a Sarah de su error y esperando que Alejandro no estuviera escuchando nada de lo que las dos estaban hablando.

–¿Los dos vais... en serio?

¿Por qué le resultaba tan sorprendente que un hombre atractivo pudiera desear a Kitty? Ella se sentía furiosa. Por una vez, quería quitarle a Sarah el aire de superioridad del rostro.

–Estamos...

Sarah miró el modo en el que Alejandro le estaba agarrando la mano a Kitty.

–No es posible que estéis prometidos...

–Estamos... estamos...

Kitty se dio cuenta de repente de que un abismo metafórico se había abierto bajo sus pies. Tenía un verdadero problema.

Justo entonces, Alejandro se dio la vuelta. Kitty deseó que la tierra se abriera y se la tragara entera.

–Kitty me acaba de dar la noticia –le dijo Sarah mientras le agarraba por la muñeca y miraba a Kitty con severidad–. Enhorabuena.

Kitty era incapaz de mirar a Alejandro.

Entonces, Sarah volvió a tomar la palabra. Lo hizo en voz tan alta que varias cabezas se volvieron para mirarlos.

–¿De verdad estáis prometidos, Alejandro?

Capítulo 3

LOS DEDOS de Alejandro agarraron con fuerza la mano de Kitty. Con mucha fuerza. Ella se limitó a contener el aliento, mientras esperaba una humillación pública. De repente, todo quedó en silencio, como si todo el mundo estuviera pendiente de ellos. Aquella situación podría ser peor que cuando descubrió la infidelidad de James. Al menos en aquella ocasión había estado sola.

–Sarah lo ha adivinado –musitó Kitty por fin, mientras se aventuraba a mirar a Alejandro–. Siempre ha sido muy astuta.

La mirada de Alejandro atrapó la suya. Sus ojos eran como hornos de alta presión, negros y profundos, pero con un fuego en su interior que ella ni había esperado ni sabía interpretar.

Debería salir corriendo en aquel mismo instante, pero Alejandro le apretó la mano un poco más, casi hasta llegar al punto del dolor, como si hubiera sido capaz de leerle el pensamiento y quisiera evitar que saliera huyendo. Sin embargo, ella tenía que salir huyendo. ¿Cómo podría explicarle lo que acababa de suceder?

Sarah, la que nunca le había dicho que su prometido se estaba acostando con otra mujer. Sarah, la que nunca había sido amable con ella, la que nunca le había dado la bienvenida al grupo, la que nunca había querido que saliera adelante...

–La has pillado, Sarah –dijo Alejandro. Kitty se sintió morir por dentro–. Catriona no se mostraba muy dispuesta a anunciarlo tan pronto...

Sarah se quedó boquiabierta, igual que Kitty, aunque ella pudo contenerse a tiempo. Miró de nuevo a Alejandro. ¿Estaba sonriendo? Parecía... satisfecho.

Alejandro se volvió de nuevo a mirar a Sarah.

–Podemos confiar en ti, ¿verdad, Sarah?

–Por supuesto –respondió ella débilmente–. Aunque puede que haya hablado demasiado alto hace un instante...

–No importa –replicó Alejandro con una sonrisa–. Aquí todos somos amigos.

–Enhorabuena –dijo Sarah, aún atónita.

Alejandro levantó la mano que tenía libre para llevarse un dedo a los labios. Entonces, le guiñó un ojo.

–Shh... acuérdate –le recomendó. Entonces, se volvió a Kitty–. Vamos, Catriona. Creo que necesitas un poco de aire fresco.

Alejandro echó a andar tan repentinamente que Kitty estuvo a punto de tropezarse. Si no hubiera sido por la fuerza con la que él le tenía agarrada la mano, lo habría hecho. Entonces, él le rodeó la cintura con el otro brazo y la sacó de allí. La llevó hacia la puerta trasera y la hizo salir al patio. Cuando estuvieron en el exterior, la soltó. Kitty se alejó unos pasos de él y, entonces, se volvió para mirarlo.

–¿Estamos prometidos? –le preguntó él. Parecía sentirse divertido con la situación.

–Es culpa tuya –declaró ella inmediatamente, poniéndose a la defensiva–. Estaba tratando de no ser previsible. Tú me desafiaste.

–¿Y por eso es culpa mía?

–Todo este lío es culpa tuya –afirmó ella.

–¿Y tú no sientes responsabilidad alguna dado que

fuiste tú la que entró a la fuerza en mi casa y trató de robarme?

–No entré a la fuerza. Utilicé una llave. Y no estaba robando nada que te perteneciera.

–¿No? De eso tengo mis dudas... –dijo él. La estaba observando atentamente. De repente, sonrió lenta y seductoramente–. Catriona, vas a pagar por esto, ¿sabes?

–No del modo en el que estás pensando.

Alejandro se echó a reír y dio un paso hacia ella.

–Muy del modo en el que estoy pensando. ¿Crees que se pueden ignorar las chispas que saltan entre nosotros?

Kitty deseó de corazón que el acento de Alejandro no provocara que aquellas palabras tan atroces sonaran de un modo tan atractivo. Su risa era profunda y le producía reacciones en su interior y una fiebre en los huesos que el fresco aire de la noche no era capaz de aplacar.

Deseó que él dejara de mirarla de aquel modo. La acaloraba y hacía que le resultara más difícil concentrarse. Y Alejandro lo sabía y le encantaba. Kitty no quería desearle, pero su estúpido cuerpo parecía reconocer el talento y la experiencia que había en el de él.

–¿Es este el momento en el que tú tratas de ejercer tu dominancia sexual sobre mí? –gruñó ella cuando Alejandro se acercó un poco más.

Él soltó otra carcajada y le atrapó a Kitty las dos manos entre las suyas. Entonces, con un rápido movimiento, se las colocó a la espalda, en un gesto de total dominancia.

–No. Este es el momento en el que evito que digas más tonterías en público.

–No tienes derecho alguno a censurarme.

Kitty no sabía de dónde había salido aquella rebeldía. Normalmente, no hablaría nunca a nadie de ese modo. Lo habitual era que bajara la cabeza y que se ocupara de sus propios asuntos para que Teddy fuera quien hablara.

—No te estoy censurando. Te voy a besar. A dejarte sin aliento.

—¿Cómo dices? Eres increíble...

—Lo sé. Soy muy bueno —se burló él.

Sin embargo, la proximidad de Alejandro estaba comenzando a afectarla. Sentía su fuerza, su corpulencia y deseaba plegarse ante él. Se tensó bruscamente.

—¿No te parece que te estás vendiendo demasiado bien? Voy a esperar algo tan espectacular que no vas a poder estar nunca a la altura.

—Estoy dispuesto a correr el riesgo.

—Estás dispuesto a correr muchos riesgos...

—Posiblemente, pero esta es mi casa y no voy a permitir que causes problemas cuando la tengo llena de invitados.

—En ese caso, deja que me marche. Con mi collar. Es una solución muy sencilla.

—No. Eso ahora ya no puede ocurrir —respondió él secamente—. Me debes un beso por decir tonterías...

Kitty no tuvo oportunidad de respirar y mucho menos de responder. Alejandro inclinó la cabeza y rozó los labios de ella con los suyos. Fue un beso delicado y suave, en absoluto lo que ella había esperado. Esperó inmóvil y en silencio. Otra delicada caricia... labios sobre labios. Después otra más.

En ese momento, Kitty comprendió que era la clase de amante que se tomaba su tiempo. Mucho tiempo y cuidado para excitarla. Lo que ocurría era que ella no necesitaba tanto tiempo. Estiró los dedos de placer cuando él volvió a besarla y no pudo contener un suave gemido. Incluso separó un poco los labios. Sin embargo, él no buscó más. Mantuvo el beso ligero, casi amistoso, a pesar de tener el control absoluto. Kitty notó que su cuerpo estaba en tensión y empezó a darse cuenta de que la fuerza con la que le sujetaba las muñecas no era para sujetarla a ella, sino para contenerse a sí mismo.

Kitty lo miró, sorprendida por aquella tierna caricia. Alejandro le dedicó una media sonrisa, como si supiera exactamente lo mucho que ella había anticipado un beso apasionado por su parte. No parecía desilusionarle que no hubiera sido esa clase de beso. Tampoco parecía estar deseando otro.

—¿No te ha parecido suficiente? —bromeó él—. ¿Quieres un poco más?

—Eso ha sido más que suficiente —mintió ella—. Supongo que es ahora cuando dices que las inglesas no tenemos pasión.

—Aún tengo que conocer a una mujer que no muestre pasión cuando está conmigo.

—¿Te refieres a ira o rabia?

Alejandro sonrió y le rozó los labios con el pulgar.

—Demasiado fácil.

La sensación le recorrió la espalda, despertando una oleada de líquido deseo. Era imposible que se sintiera tan atraída por él. Era un seductor, un playboy que había tenido más amantes que ella pecas. Y Kitty tenía muchas pecas.

Tan solo estaba jugando con ella. Era consciente del poder sensual que tenía y estaba completamente seguro de su éxito.

—No seré otra más —le dijo. Más bien se lo prometió a sí misma.

—¿No? —replicó él con una carcajada—. Ya lo eres. Mucho más que eso. Eres mi prometida.

Kitty se sintió morir. El beso le había hecho olvidar aquel detalle.

–¿Por qué no lo negaste?

–No me gusta ver que alguien sufre el acoso de otros. No me gustan los acosadores. Resultaba evidente lo que estaba ocurriendo.

¿Y qué podría saber un hombre de éxito como Alejandro Martínez sobre los acosadores? Kitty frunció el ceño y lo miró. Entonces, otro sentimiento pareció reflejarse en su rostro, aunque tan solo durante un instante. Inmediatamente, Alejandro dio un paso atrás y pareció recuperar su autocontrol. Extendió una mano y esperó.

A Kitty le sorprendió que fuera tan astuto. Ya sabía por qué no había negado nada ante Sarah. Había sentido pena por ella. Eso hizo que se sintiera peor que nunca. Entonces, dudó y le miró a los ojos. Le resultó imposible descifrar lo que había en ellos.

–Volvamos dentro –dijo él.

Kitty suspiró y le dio la mano para volver a entrar en la casa. Sin embargo, no regresaron al abarrotado salón ni a ninguna de las salas en las que estaban los invitados en la primera planta. La condujo a las escaleras y la llevó de nuevo hasta la biblioteca.

–Quédate aquí un rato. Estás en tu casa –bromeó mientras abría la puerta.

–¿Adónde vas tú? –le preguntó mirándole con suspicacia.

–Voy a librarme de todos mis invitados. Puedo hacerlo mejor si tú no estás conmigo.

–¿Y vas a dejarme aquí encerrada mientras lo haces? –le preguntó ella al ver que tenía una llave y el teléfono móvil en la mano–. ¿Y si se produce un incendio?

–Me comportaré como un héroe y te rescataré –respondió él con una sonrisa.

–No eres ningún héroe. Solo un villano.

—A las mujeres siempre les gustan los chicos malos, ¿no es verdad?

No era verdad. Kitty sintió deseos de arrojarle todos los cojines que encontrara a la cabeza, pero no era tan infantil. Con cierta culpabilidad, recordó las mentiras que había dicho en la planta de abajo. Ciertamente, entonces se había comportado como una niña egoísta e idiota.

—No tengas miedo —le dijo él guiñándole el ojo antes de cerrar la puerta y echarle la llave—. No tardaré mucho.

En realidad, tardó mucho tiempo. Por fin, Kitty escuchó voces en la calle, pero se resistió a la tentación de asomarse por la ventana y gritar que alguien la ayudara. Ya había hecho bastantes tonterías aquella noche. ¿En qué había estado pensando cuando le hizo creer a Sarah que Alejandro había comprado la casa para ella y que estaban comprometidos?

El cansancio se apoderó de ella. Llevaba levantada desde la seis de la mañana, cuando se dispuso a tomar el tren que la llevaría desde Cornualles a Londres. No había comido nada en todo el día y estaba empezando a sentirse muy débil. Apagó la luz principal de la sala y encendió la de lectura. Entonces, se sirvió una copa de whisky del decantador que aún seguía sobre la mesa.

Pocas veces tomaba alcohol, pero, en aquellos momentos, necesitaba algo y confiaba más en el whisky de su padre que en los cócteles que le habían ofrecido en la fiesta. Cuando el líquido le llegó al estómago, pareció encender una bola de fuego en su interior. Respiró y cerró los ojos. Ansiaba poder relajarse. Volvería a ponerse en estado de alerta cuando regresara Alejandro. Solo necesitaba descansar un poco.

El calor le quitó toda la energía. La adrenalina desapareció y la dejó cansada, con la amenaza de una jaqueca. Se quitó los zapatos y se dirigió al sofá de cuero tratando de no acordarse de las innumerables veces que se había quedado dormida allí, esperando a que su padre llegara.

Se había pasado gran parte de su vida tratando de conseguir que su padre le prestara atención, pero él había estado más preocupado echándole sermones a Teddy, su hijo y heredero, y seduciendo a glamurosas mujeres. Ella le había regalado sus mejores esculturas de niña, en las que había vertido todo su corazón, solo para ver que él las admiraba durante un segundo para ver cómo luego se las relegaba a una estantería y quedaban olvidadas. Su padre nunca las mostraba con orgullo. Simplemente les dedicaba un instante de su vida antes de centrarse en otra cosa. Del mismo modo la trataba a ella. Lo único que Kitty quería era que la conociera, que la amara, que le dejara ser... Era una tonta.

Había creído que James la comprendía y se mostraría siempre sincero con ella. Sin embargo, lo de él había sido peor aún. Al menos, su padre nunca le había ocultado sus aventuras a nadie.

Desgraciadamente, su padre había tomado malas decisiones en los negocios y había tenido que vender sus propiedades para conseguir dinero cuando comprendió que sus años como hombre de negocios habían terminado. Había querido retirarse a su elegante casa de Córcega mientras aún le resultaba posible. Y lo había hecho, dejándolos solos a Teddy y a ella, aunque ya tenían casi veinticuatro años y eran capaces de cuidarse solos.

En aquellos momentos, se sentía agotada por haber tenido que sonreír constantemente delante de todas aquellas personas, por evitar perder el control con Alejandro y por contener su reacción ante el tormento que le supusieron sus caricias.

Dobló las piernas y se sentó sobre ellas en el sofá. Decidió que después de aclarar todo con Alejandro, se iría con Teddy y se quedaría con él para pasar la noche en la casa de uno de los amigos de su hermano. A la mañana siguiente, regresaría a Cornualles y seguiría con su nueva vida. Todo iba a salir bien.

Mientras tanto, descansaría un poco en el sofá...

Alejandro tardó más tiempo del que había esperado en conseguir que sus invitados decidieran que había llegado ya la hora de marcharse. Era cierto que sus fiestas solían durar hasta mucho más tarde, pero necesitaba estar a solas con la beligerante pelirroja que había puesto su noche patas arriba. Sonrió al recordarla.

Por fin pudo cerrar la puerta a la última pareja de invitados, que mostraban mucha curiosidad por su acompañante de aquella noche. La amiga de Catriona no había podido mantener cerrada la boca, pero Alejandro ya se había imaginado que no lo haría. Todos lo habían sabido.

Movió los hombros para aliviar la tensión que había acumulado en ellos y comenzó a subir las escaleras. Tenía una tensa sonrisa en los labios. Catriona se iba a mostrar furiosa con él por haber tardado tanto. Sin embargo, cuando abrió la puerta, no escuchó las frases de recriminación que había esperado. Un silencio absoluto reinaba en la sala. Entró y lo que vio le dejó sin palabras.

Catriona estaba completamente dormida en el sofá. Su pálida piel relucía a la luz de la lámpara y su cabello caía en cascada sobre su rostro y sus hombros. Era tan hermosa... tan diferente... tan sexy...

El deseo se apoderó de él y prendió un anhelo animal en él que lo empujaba a despertarla, a besarla con pasión y a reclamar su cuerpo allí mismo. El deseo de sentirla bajo su cuerpo fue repentino y agudo, tan feroz que tuvo que respirar profundamente para lograr contenerse.

«No».

Nunca había deseado a ninguna mujer tan intensamente. Nunca había sentido algo tan intenso como aquello. Nunca. Se negaba a ello. Tenía sus razones.

Respiró de nuevo profundamente y se recordó sus decisiones más racionales. No pensaba obligarla a que pasara allí la noche, a pesar del deseo y del erótico placer de aquel beso. Había estado deseando llegar al fondo del asunto del collar y luego despedirse de ella. ¿No?

Sin embargo, en aquellos momentos estaba profundamente dormida en el sofá. Supuso que no era la primera vez que dormía allí.

Frunció el ceño y se acercó a ella para estudiarla. Antes no había visto lo pálida que estaba ni las ojeras que tenía. Parecía agotada.

—Catriona... Kitty...

No se movió. Estaba profundamente dormida. Algo se retorció dentro de él al comprender lo vulnerable que ella estaba en aquellos momentos y que de él dependía su cuidado. Notó una gota helada que le caía por la espalda. No había previsto aquella complicación y no la deseaba especialmente. Cuidar de otro ser humano no era su fuerte. No obstante, fue a por una manta a su dormitorio y la cubrió con ella para que se encontrara más cómoda hasta que se despertara sola. Esperaba que lo hiciera pronto.

Se sentó en el sillón que había frente al sofá y se sacó el collar del bolsillo para inspeccionarlo adecuadamente. Valía mucho dinero y Catriona había arriesgado mucho para recuperarlo. Sin embargo, no le pertenecía.

A lo largo de los años, muchas personas de dinero que había conocido lo habían enojado cuando mostraban su falta de apreciación por la suerte que tenían. Él nunca había dado por sentado su éxito o su seguridad. ¿Cómo podía hacerlo cuando había salido de un lugar peor que la nada? Había trabajado más que el resto. Se había asegurado de que sus notas eran las mejores. Había ido enlazando becas para ir subiendo cada vez más y escapar de una vida de pobreza, miseria y desesperación. Su estilo de vida juerguista que tantos titulares ocupaba era tan solo una pequeña parte de su vida. Se pasaba el resto trabajando y asegurándose el éxito. Y entonces, una joven mimada había entrado en su casa para reclamar lo que posiblemente consideraba una herencia. Una riqueza que nunca había tenido que ganar por sí misma. Había estado dispuesto a enseñarle un par de cosas, pero entonces oyó el tono de voz con el que su supuesta amiga le había hablado. No le gustaban los acosadores, ni los que utilizaban las palabras como arma o los que usaban los puños. Por ello, no la había puesto en ridículo públicamente y, después, en el patio trasero, había cedido ante el impulso de besarla...

Volvió a mirarla y recordó la suavidad de sus labios, la chispa que surgió entre ellos. No se arrepentía, por muchas complicaciones que fueran a surgir después.

Desgraciadamente, en aquellos momentos, tenía que aguantarse con la historia de que estaba prometido con ella. Todos los invitados le habían dado la enhorabuena y les había tenido que explicar que Catriona estaba abrumada por las muestras de atención. Era ridículo, pero no había sido capaz de dejarla en evidencia. Cuando Catriona lo miraba, había visto una profunda vulnerabilidad en ella. Había visto su dolor, un dolor que se hacía eco dentro de él. ¿Acaso no sabía él muy bien lo que era sentirse aislado y tener miedo?

Catriona era una mezcla de seguridad en sí misma y de inseguridad, un alma algo rota pero que estaba dispuesta a luchar. Le gustaba ese espíritu. Y la deseaba. Si iba a poseerla, iba a tener que jugar sus cartas con cuidado. Evidentemente, no se trataba de una mujer que fuera de aventura en aventura.

Notó que el teléfono comenzaba a vibrarle en el bolsillo. Era el de Catriona. No quería despertarla aún, pero parecía que alguien estaba preocupado por ella. El nombre de «Teddy» apareció en la pantalla, junto a una fotografía de los dos juntos. El parecido era imposible de ignorar. El hombre era rubio en vez de pelirrojo, pero los dos tenían la misma sonrisa y los mismos ojos. Tenía que ser su hermano.

Alejandro no respondió la llamada. Dejó el teléfono sobre el brazo del sillón y tomó su propio teléfono. Una sencilla búsqueda en Internet le recordó todos los detalles familiares. Teddy, Edward, y Kitty, Catriona, Parkes-Wilson eran los hijos mellizos del hombre al que él le había comprado la casa. No tardó mucho en encontrar el nombre de una mujer de más edad, Margot Parkes, que llevaba la misma gargantilla de diamantes que Catriona había ido a buscar.

Después, encontró fotos de Kitty. Parecía que ella era una especie de artista. Escultora. Había tenido algunas menciones en páginas de sociedad. Además, encontró el anuncio de su compromiso con un tal James, compromiso que no había tardado en romperse. Otra razón para tener cuidado con ella. Alejandro estaba seguro de sí mismo. Sus aventuras siempre terminaban fácilmente y bien. Tal vez una aventura ligera y sexual era lo que ella necesitaba. Algo divertido. Lo divertido se le daba muy bien a Alejandro.

Encontró más menciones a su hermano. Después, encontró reseñas de su compra de Parkes House. Aparentemente, llevaba varias generaciones en la familia. No se sintió mal por haberla adquirido. Había pagado un precio más que justo. Necesitaba una base de operaciones en Londres y ya la tenía.

Cuando el teléfono sonó por décima vez, cedió, sintiendo una mínima simpatía por el hombre que había permitido que su hermana corriera tal riesgo en su nombre.

Tocó la pantalla para aceptar la llamada. Teddy habló antes de que Alejandro tuviera oportunidad de decirle hola.

–Kitty, por el amor de Dios. ¿Estás bien? ¿Conseguiste los diamantes?

–Lo siento, Teddy –replicó Alejandro tranquilamente–. Tanto tu hermana como los diamantes están en mi poder.

Capítulo 4

KITTY abrió los ojos y parpadeó al notar la brillante luz que entraba a través del hueco que
dejaban las cortinas de brocado. Frunció el
ceño al ver que se encontraba en un lugar muy familiar, en el sofá de la biblioteca de su casa...

Al recordarlo todo, se quedó helada. Alejandro Martínez era, en aquellos momentos, el dueño de Parkes
House. La había obligado a ser su acompañante. La
había besado. Le había dicho que ajustarían cuentas
más tarde y allí estaba ella, al día siguiente...

—Buenos días.

Kitty se incorporó rápidamente en el asiento y miró
el sillón que tenía enfrente. Durante un instante, lo
único que pudo hacer fue mirarlo fijamente. De día, era
aún más guapo.

—¿Qué ha ocurrido?

—Te quedaste dormida mientras yo me estaba librando del resto de los invitados. Llevas mucho tiempo
así. Estaba empezando a preocuparme.

El pulso de Kitty no se calmó. Alejandro debía de
haberse duchado hacía poco tiempo porque aún tenía el
cabello húmedo y llevaba puestos unos pantalones vaqueros y una camiseta. A pesar de todo, estaba tan
guapo como la noche anterior.

Kitty odiaba la reacción que sentía ante él. ¿Por qué
era tan superficial? Se veía dominada por unos rasgos
masculinos, un cuerpo en forma y una actitud arrogante.

En ese instante, Alejandro sonrió como si supiera exactamente lo que ella estaba pensando.

–Tengo una propuesta para ti –le dijo él.

–Ya te dije que no –replicó ella con determinación.

Alejandro le indicó una taza de café que le había dejado sobre la mesa.

–He supuesto que te gustaba fuerte y sin azúcar.

Evidentemente, Kitty era bastante previsible después de todo.

–¿Por qué lo has adivinado?

–Bueno, eres una artista muerta de hambre que necesita exprimir al máximo cada gota de café que se toma.

En silencio, Kitty tomó la taza. Evidentemente, Alejandro había estado investigando.

–Le hice a tu padre una oferta que no pudo rechazar. Te la haré a ti también.

–A mi padre le importa un bledo esta casa –musitó Kitty mientras se tomaba el café–. Le parecía un lugar frío.

–Lo es. He encargado un nuevo sistema de calefacción.

Alejandro tenía el dinero suficiente para mantener y mejorar una casa tan grande como aquella. Sabía que no debía pensar así, pero Kitty lo odiaba por ello. Alejandro no tenía ni idea de la historia de aquella casa.

–Sin embargo, a ti te gusta esta casa. Lo sé por el modo en el que miras a tu alrededor. Escucha mi oferta.

–Rechazaré todo lo que me ofrezcas –replicó ella. Nunca la podría comprar con tanta facilidad como a su padre. Jamás aceptaría nada de él.

En aquel momento recordó la humillación que experimentó con Sarah la noche anterior y la historia que había inventado sobre que estaban prometidos... Dios santo... Cuanto antes regresara a Cornualles, mejor.

–Puede ser, pero tal vez no quieras hacerlo. ¿Por qué no me escuchas primero y luego decides?

Alejandro se puso de pie y se dirigió al escritorio para regresar con un enorme plato en las manos. Kitty miró la fruta fresca y los bollos que contenía y tragó saliva para no babear. Estaba muerta de hambre.

–Come –le dijo Alejandro–. Hará que te sientas mejor.

Kitty se contuvo para no lanzarle una mirada asesina. Tal vez tuviera razón, pero no tenía que hablarle como si fuera superior a ella.

–Bien. ¿Cuál es tu fabulosa oferta? –le preguntó mientras tomaba un poco de fruta.

Alejandro la observó mientras mordía la piña antes de responder. Sabía que, en aquel instante, Kitty no habría oído ni comprendido nada de lo que él le dijera. Estaba muerta de hambre. Se sentó en el sillón y se sacó el collar del bolsillo.

–Háblame de esto.

Kitty miró con tristeza las piedras y negó con la cabeza.

–¿Crees que estás protegiendo a alguien? Sé que le pertenece a tu hermano.

–Así es –admitió ella. Efectivamente, había estado investigando.

–Pero es algo especial para ti.

–Estás equivocado –replicó, al notar una cierta censura en su voz–. Adoro a la mujer a la que perteneció ese collar. Adoro lo que simbolizan esos diamantes, no lo que valen. Tienen un valor sentimental irreemplazable.

–Entonces, ¿por qué le pertenecen a tu hermano?

–Porque es el primogénito y el único varón.

–¿Acaso seguimos en la Edad Media?

–Tú eres el que me obligó a ser tu pareja anoche, así

que yo diría que, en realidad, estoy viviendo en la Era Neanderthal. En la de los hombres de las cavernas.

–Pobrecita... –dijo él con una sonrisa–. ¿Y qué estarías dispuesta a hacer para recuperar tu collar?

–Eso no... –replicó ella mientras tomaba un cruasán relleno de chocolate y se lo comía.

–No soy tan necio. Solo nos acostaremos juntos cuando hayas crecido lo suficiente para admitir lo mucho que lo deseas.

La arrogancia de Alejandro Martínez no conocía límites.

–¿No se te ocurrió que, simplemente, te podrías haber puesto en contacto con mi abogado o incluso llamar a la puerta para pedírmelo cortésmente? ¿Soy un monstruo tal que tuviste que recurrir a violar la ley solo para conseguir lo que le pertenecía a tu familia?

Kitty consiguió por fin tragarse el cruasán.

–Tú fuiste el que admitió haber hecho lo necesario para conseguir lo que deseabas. En ese momento, me pareció que esto era lo necesario.

–Está bien, pero ya sabes que tus actos tienen consecuencias. Todos tus actos.

–¿Vas a llamar a la policía?

–No vas a tener tanta suerte. No. Si quieres recuperar el collar, tienes que compensarme.

–¿Y cómo quieres que lo haga?

–Representarás el papel que dijiste anoche. Serás mi prometida.

–¿Cómo has dicho?

–Permanecerás aquí como prometida mía durante unas pocas semanas hasta que rompamos de un modo amistoso y puedas marcharte.

–¿Y por qué quieres que haga eso?

–Porque me conviene.

–Y eres tú el que importa, claro.

–En estos momentos, sí –dijo él encogiéndose de hombros–. Irrumpiste en mi casa. Contaste historias sobre mí a todos mis amigos. Creo que estás en deuda conmigo. Voy a abrir la oficina en Londres de mi empresa. Es una gran inversión y no quiero que este asunto tenga un impacto negativo en su éxito. No tiene que ser por mucho tiempo. El interés remitirá rápidamente cuando la empresa haya despegado.

–No me puedo quedar aquí. Tengo un trabajo.

–Tienes un puesto a tiempo parcial en una galería de arte de poca monta en el sur de Inglaterra en la que, en realidad, no te pagan. Solo te dan techo y te permiten utilizar el pequeño estudio que tienen en la parte trasera.

Efectivamente, había investigado mucho sobre su vida. Kitty se marchó a Cornualles después de la ruptura de su compromiso con James para poder superar la humillación. Llevaba allí los últimos seis meses. Era feliz, pero se sentía algo sola. Había sido incapaz de resistirse cuando Teddy la llamó para pedirle ayuda.

–No es una galería de poca monta –protestó–. Es una galería preciosa. La luz que tiene es maravillosa.

–Quiero que trabajes aquí y que catalogues todo lo que hay en este mausoleo. Hay montones de cajas que no he tenido tiempo de abrir ni de clasificar.

–¿Para poder subastarlas y ganar dinero con todos los objetos que había aquí?

–No necesito el dinero que me puedan proporcionar esas baratijas. Serían tan solo una gota en mi océano financiero.

–¿Has pensado que te podría robar?

–Estoy dispuesto a correr ese riesgo.

–¿Acaso no tienes diez asistentes personales o algo así?

–Mi asistente personal es muy eficiente y estoy seguro de que haría un excelente trabajo, pero es mejor que utilice su talento para el trabajo que mejor conoce. Es mejor que esto lo haga alguien que conoce los objetos. Este lugar está patas arriba y lo sabes.

Alejandro tenía razón. No solo eran las cajas, sino la cantidad de reparaciones pendientes. Como le había pasado con los negocios, su padre había dejado la casa en un estado lamentable.

—Necesita una buena renovación y tú puedes ocuparte de todo, al menos para que se empiece a arreglar. Por supuesto, una reforma total llevará más tiempo. ¿Qué te parece?

A Kitty le parecía una débil excusa para seguir allí tan solo porque lo deseaba, pero su plan le apetecía y apelaba a una emoción en la que ella era más vulnerable. Adoraba aquella casa y quería conservar algunas de sus características.

—Entonces, ¿vas a reformarla?

—Sí. Esta casa tiene muchos rasgos que me gustan y que me gustaría conservar —dijo calcando prácticamente el pensamiento de Kitty—. Por supuesto, quiero verla arreglada en todo su esplendor, no solo en el exterior, sino también en el interior. Tú sabes lo que hay aquí y puedes calcular su valor e importancia. Quiero que lo catalogues todo con una recomendación de vender o guardar y yo tomaré una decisión al respecto cuando tenga tiempo.

Resultaba muy tentador, pero también era imposible. Una locura.

—No puedo pasar de un compromiso a otro.

Aunque fuera uno falso.

—Ya han pasado seis meses, ¿no? —replicó Alejandro mientras tomaba una de las uvas que quedaban en el plato.

—¿Con quién has estado hablando?

—¿Acaso importa? —preguntó él mientras masticaba

la uva–. ¿No te parece que un romance rápido es lo mejor para ese mal genio que tienes?

–Esto nunca será un romance –le espetó ella.

–¿No? Estaba tratando de que sonara menos... frío. Tienes que cambiar de chip. Necesitas un poco de diversión que restaure tu seguridad en ti misma y tu independencia.

–¿Y qué es lo que me ofreces?

–Bueno, te puedo ofrecer muchas cosas... todas ellas buenas –dijo él mientras se inclinaba hacia delante y se apoyaba sobre una mano para mirarla más atentamente–. En estos momentos, no tienes ningún lugar en el que alojarte en Londres. Creo que tu hermano tampoco tiene un hogar fijo.

Vaya... Lo sabía todo. La verdad era que dormir en un sofá en la casa de uno de los amigos actores de Teddy durante los siguientes días le resultaba deprimente. Su padre no había considerado que fuera necesario pensar si sus hijos tendrían un lugar en el que alojarse.

–¿Acaso hay algo que no sepas?

–Sí, hay muchas cosas que no sé sobre ti. Todavía.

La intimidad que aquellas palabras parecían sugerir la hizo ruborizarse.

–La organización de la casa hará que recuperes los diamantes –dijo él–. Nuestra relación sexual queda fuera de ese trato.

–No tenemos relación sexual –dijo ella con firmeza.

–Todavía –replicó él con una sonrisa–. Es solo cuestión de tiempo, Catriona.

–No todo es tan previsible.

–Esto sí lo es.

–¿Y si me niego a organizarte la casa?

–No habrá collar.

–Pero no es tuyo. No formaba parte de la venta de la casa y lo sabes.

–En este momento yo tengo la posesión de ese collar –dijo golpeándose suavemente el bolsillo–. Le diré
a todo el mundo que trataste de irrumpir en mi casa
para robármelo. Que, en principio, no te delaté anoche
para evitarte la vergüenza y la humillación, pero que al
final no me quedó más remedio que acusarte.

–¿Y no atraería eso la atención que tanto deseas
evitar?

–Bueno –admitió él encogiéndose de hombros–,
preferiría evitarlo, pero he estado en situaciones peores.
Yo no soy el malo de esta película. La loca eres tú.

Así era. A ella la etiquetarían como la mujer desesperada que había fingido tener un prometido para aho-
rrarse una humillación. Aquella era la única manera de
escapar de aquella situación con algo de orgullo intacto. En realidad, no era todo generosidad por parte de
él. Sabía lo que él quería y, francamente, le sorprendía
y se sentía halagada. No se parecía en nada a las bellas
modelos con las que él salía.

El sonido de un teléfono la sobresaltó, más aún cuando
se dio cuenta de que era su teléfono el que sonaba.

Alejandro se lo sacó de su otro bolsillo y se lo lanzó.

–Es mejor que contestes esta vez. No hace más que
llamar.

Kitty miró la pantalla. Se trataba de Teddy.

–Kitty, ¿sigues en su casa? –le preguntó su hermano
en cuanto respondió.

Eso significaba que Alejandro había hablado con
Teddy. No era de extrañar que supiera lo de los diamantes y todo lo demás. Su hermano era incapaz de mantener un secreto.

–¿Cómo te descubrió? –quiso saber Teddy–. Has
entrado y salido de ese modo tantas veces a lo largo de
los años sin que nadie te sorprendiera...

–Pues esta vez no ha podido ser.

–Bueno, me ha llegado la historia más rara del mundo. Mi teléfono no hace más que sonar. Todo el mundo cree que llevas tiempo viéndolo en secreto. Dicen que estáis prometidos.

–Diablos... –susurró Kitty mientras se cubría el rostro con una mano.

Miró a Alejandro a través de los dedos y vio que él estaba sonriendo, como si estuviera disfrutando de la mortificación que ella sentía. Se dio cuenta de que estaba esperando a que ella se decidiera.

–Entonces, ¿no es cierto?

Oyó la desilusión de la voz de su hermano. El ansia. No quería que su hermano se preocupara o que decidiera presentarse allí para tratar de solucionar el problema y hacer que todo resultara más vergonzoso. Tal vez aquella situación pudiera resolverse de un modo más favorable si los detalles quedaran entre Alejandro y ella, así, sufriría la mortificación que aquello le supondría tan solo delante de él.

–Dicen que intervino para ayudar a papá porque lleva mucho tiempo enamorado de ti... –dijo Teddy.

Kitty se echó a reír.

–Teddy, te aseguro que no es tan sencillo.

–¿Pero eres su prometida o no?

Ella volvió a dudar y levantó la mirada de nuevo hacia Alejandro. La penetrante mirada de él la observaba con atención.

–Kitty... –insistió Teddy–, ¿te encuentras bien? Cuando llamé anoche, él se mostró muy seco conmigo.

–Todo está bien, Teddy –afirmó ella tras apartar la mirada de la de Alejandro. Irguió los hombros y se obligó a sonreír–. Todo va bien, pero las cosas están un poco... complicadas.

–Ni siquiera sabía que lo conocías. Anoche estabas... ¡Vaya! ¿Por eso tenías tantas ganas de llegar allí?

–Mira, iré a verte dentro de un par de días, ¿de acuerdo? Te lo explicaré entonces, pero, por ahora, voy a quedarme aquí.

–¿Con él? ¿De verdad te vas a quedar con él? –gritó Teddy con incredulidad.

–Sí.

Kitty tardó casi un minuto en terminar su conversación con Teddy. Cuando miró a Alejandro, esperó que él realizara algún comentario sarcástico. Sin embargo, Kitty descubrió que la observaba con una ligera sonrisa.

–Al menos aquí podrás dormir en una cama –comentó él.

–¿En mi propia cama?

–Por supuesto. Hasta que pidas compartir la mía.

–Eso no va a ocurrir.

Alejandro soltó una carcajada.

–Estás demasiado ceñida por tu propia ingenuidad –se burló–. Creer en la versión de cuento de hadas del amor y disfrutar de una relación con final feliz.

–¿Acaso tú no crees en las relaciones?

–En el hecho de que puedan ser duraderas, no.

–Entonces, tampoco crees en el matrimonio.

–Por supuesto que no. No voy a casarme nunca.

–Qué triste...

–Lo que es triste es la gran cantidad de gente que permanece atrapada por matrimonios infelices solo porque creen que tienen que hacerlo. A mí me gusta disfrutar de la buena comida, de una agradable compañía, del buen sexo... y luego una amigable despedida. ¿Qué tiene eso de malo? –añadió con arrogancia.

–Nada.

Ella no podía negarle que aquello parecía ser la vida perfecta. Para él. No le parecía que el adiós a Saskia hubiera sido muy amigable

–Trabajo muy duro. Consigo mis objetivos. Esto es lo que me merezco.

–Espero que sí –dijo ella con intención. Alejandro no se dio por aludido.

–Las mujeres con las que suelo salir han trabajado tanto como yo para conseguir su éxito. Trato a todas mis amantes con respeto y cortesía.

–Pero no sientes deseos de serles fiel.

–Yo siempre me acuesto con una sola mujer cada vez. No salgo con otra hasta que me he asegurado de que a la que tengo en ese momento le quede bien claro que ya no estamos juntos.

–¿Es eso lo que harás conmigo si tenemos una relación? ¿Enviarme un mensaje como hiciste con Saskia antes de meterte en la cama con otra mujer?

Kitty se sonrojó. James ni siquiera había hecho eso con ella. Sencillamente la había engañado.

–Terminaremos formalmente nuestro compromiso. No habrá falta de comunicación ni malentendidos.

–¿Y ahora crees que me debería meter en la cama contigo?

–Creo que, si eres sincera con lo que deseas, eso es exactamente lo que deberías hacer. El deseo no tiene nada de malo, Catriona.

Tal vez no, pero Kitty no estaba preparada.

–Está bien, te voy a ser sincera –dijo ella tratando de recuperar el control de la situación para aclarar sus intenciones–. Eres un hombre atractivo y lo sabes. Sin embargo, no compartimos los mismos deseos. No quiero esa clase de placer vacío. Quiero algo con significado, algo más complicado. Por eso, haré lo de la casa. Me quedaré hasta que esta estúpida historia pase a un segundo plano. Nada más. Cuando haya terminado, me marcharé.

Alejandro no iba a ganar. No se iba a salir con la suya. Ella sería su primer fracaso.

–¿Acaso crees que te puedes resistir a la química? –preguntó él con una sonrisa en los labios–. ¿Eres de las mujeres que tienen que creer que están enamoradas antes de tener relaciones sexuales con un hombre?

–No, el amor no es necesario, pero sí algo un poco más afectuoso que el odio.

Alejandro soltó una carcajada y se puso de pie.

–No enturbiaré nuestra relación con falsas declaraciones o promesas sin significado alguno. Cuando me desees, solo tienes que hacérmelo saber.

–Te enviaré un telegrama –replicó ella lanzándole un beso–. Ahora, regresa al trabajo, cariño, para que te pueda robar en cuanto te des la vuelta.

Alejandro sabía que podría tenerla mucho antes de lo que Kitty fingía. Sabía que solo le harían falta unos besos para que ella se rindiera entre sus brazos, tal y como había ocurrido durante unos breves instantes aquella noche. Sin embargo, ya deseaba mucho más. Había visto el desafío en sus ojos y aquello era algo a lo que no podía resistirse. La ayudaría a olvidar al estúpido de su anterior prometido.

Sin embargo, quería que fuera ella quien iniciara la aventura entre ellos. Quería ver que le resultaba imposible negar la química que había entre ellos sin que él la provocara. No sabía por qué. Normalmente, no le importaba. Sin embargo, Catriona representaba un desafío irresistible para él, tal vez tendría que seducirla a la antigua usanza hasta que la electricidad alcanzara un voltaje demasiado alto y ella se rindiera a él.

Aquella mañana, había trabajado mucho para organizarlo todo. Había hecho que su asistente se marchara a un hotel toda la semana. Él estaría en el trabajo la mayor parte del tiempo, pero, cuando estuviera en la casa, no quería que nadie le interrumpiera cuando estuviera con Catriona. Le daba la sensación de que podrían saltar chispas entre ellos en cualquier momento y estaba deseándolo. Con su belleza poco convencional, Catriona encajaba en aquella casa.

—Estaré encantado de tenerte como mi prometida —dijo, satisfecho.

Era la solución perfecta. Tendría alguien que le organizara la casa y se podría acostar con la mujer más sexy que se había encontrado en mucho tiempo.

—No pienso quedarme mucho tiempo —replicó ella. De repente, parecía intranquila.

—¿Por qué no? La casa es grande y hay mucha basura dentro de la que librarse.

—No es basura —le espetó ella con indignación.

—Bueno, en ese caso es mejor que te ocupes de ella porque si no, lo tiraré todo.

—Como si tú fueras tan descuidado con una inversión.

—No. La descuidada eres tú. Yo estoy controlando daños. Un mes.

Kitty lo miró con la boca abierta. Luego la cerró.

—No vas a conseguir todo lo que quieres. No habrá más fiestas.

—¿Cómo has dicho?

—Mientras yo esté en esta casa como tu prometida, no habrá más fiestas.

—Pensaba que a las mujeres bohemias como tú les gustaban las fiestas.

—Tu definición de fiesta es muy diferente a la mía.

—¿En qué sentido?

—A ti te gusta estar rodeado de mujeres que no hacen más que inflarte el ego.

Alejandro sonrió. Catriona no quería más mujeres en la casa.

—Está bien. No habrá más fiestas —admitió. Le gustaba la idea de estar a solas con ella—, pero saldremos a cenar. Y a bailar.

—Nada de bailar.

—¿Por qué no? No me irás a decir que no sabes.

—Claro que no sé. No me interesa en lo más mínimo.

—Yo te enseñaré. ¿Qué más?

—No... no voy a consentir que los dos prometidos que he tenido en mi vida me dejen por otra mujer. No pienso volver a pasar por eso, aunque sea algo fingido.

Eso significaba que su ex le había hecho daño.

—Está bien. Tú me romperás el corazón a mí.

—No te preocupes. Tendrás muchas voluntarias para recomponértelo.

—Y tú, tu orgullo.

—No se trata de orgullo.

—¿De qué entonces?

Ella sacudió la cabeza.

—No lo comprenderías. No pareces tener los mismos sentimientos que yo.

Aquellas palabras golpearon un lugar que Alejandro no se había dado cuenta de haber dejado al descubierto. Claro que tenía sentimientos, pero se esforzaba mucho por controlarlos. Tenía que hacerlo. De repente, se sintió herido y se dirigió hacia la puerta.

—Tengo que ir a trabajar. Estate preparada para la cena a las siete.

—No tengo ropa decente —le dijo ella antes de que se marchara.

Alejandro se dio la vuelta.

—Pues cómpratela.

—Por si no te habías dado cuenta, no tengo mucho dinero. ¿Quieres sentirte avergonzado por tu prometida cuando la lleves a cenar y ella parezca una vagabunda?

Alejandro sabía que ella estaba tratando de poner obstáculos deliberadamente. Era una pena que no le molestara en absoluto.

—No pareces una vagabunda. Me gusta ese aspecto

de *Catwoman* –le dijo con una sonrisa–, pero tienes mi permiso para salir y comprarte lo que quieras para esta noche. Yo lo pago.

Ella lo miró fijamente a los labios y Alejandro sintió el deseo en la entrepierna. Se había imaginado que ella odiaría que le ofreciera dinero. Profundizó su sonrisa al anticipar el placer que sentiría con la respuesta.

Sin embargo, Catriona no parecía dispuesta a una pelea verbal con él. De hecho, su voz sonó tan seductora como la de una sirena.

–¿Y cuál es mi presupuesto? –le preguntó, aunque en sus ojos se adivinaba la furia que sentía.

–¿Qué te parece cien mil para empezar? –sugirió.

Ella no pestañeó. Alejandro regresó al sofá para seguir disfrutando.

–Tendremos que comprarte también un anillo de compromiso –añadió mientras le tomaba la mano para examinarle los largos y delicados dedos–. Eso para empezar.

–No hace falta. No pienso ponerme ningún anillo.

Catriona tenía escrúpulos. O era muy supersticiosa.

–Te lo has puesto antes.

Ella trató de apartar la mano de la de él, pero Alejandro se la agarró con más fuerza.

–Y no me trajo nada más que problemas.

–Pobre Catriona –dijo él mientras tiraba de la mano para obligarla a que se pusiera de pie. Entonces, con la otra mano, comenzó a acariciarle suavemente el cabello–. Disfruta con las compras –añadió con condescendencia–. Gasta mucho.

Ella lo miró con desprecio.

–¿Sabes que podría tomar todo ese dinero y marcharme del país para no regresar jamás?

–Eres demasiado educada para hacer eso. Además, sabes que, si lo hicieras, te perseguiría por todas partes.

–No te tengo miedo.

Sin embargo, Alejandro estaba lo suficientemente cerca de ella como para sentir cómo temblaba. Tuvo que sobreponerse a sus propios deseos para no tomarla entre sus brazos.

–No, pero sí tienes miedo de lo que yo te pueda ofrecer.

–¿Y qué crees que puedes ofrecerme que me diera miedo?

–Una pasión que no puedas soportar.

–Por favor... –protestó ella.

Alejandro le puso las manos en la esbelta cintura. La satisfacción estalló dentro de él, seguida por el deseo de tener más, mucho más.

–No voy a negarte que te quiero en mi cama, gatita –musitó–. Estoy deseando oírte...

Catriona lo sorprendió tapándole la boca.

–¿Acaso crees que no he oído esas soeces palabras antes? ¿Quieres acariciarme hasta que ronronee? Ja. Si de verdad me deseas, tendrás que esforzarte un poco más.

¿Más? Alejandro soltó una carcajada y la estrechó entre sus brazos, apretando los labios contra los de ella. Durante un instante, fue pura pasión. Labios contra labios. Torso contra torso, vientre contra vientre... hasta que él se obligó a refrenarse.

Recuperaría el control y la sorprendería. Suavizó sus gestos y comenzó a depositar delicados besos sobre los gruesos labios hasta que ella entreabrió la boca con un delicado suspiro. Sabía a fruta y a bollería. Dulce y apasionada. Tan apasionada... Era muy delgada, pero también muy fuerte. Le deslizó la mano por la espalda, apretándola más contra él, Necesitaba sentirla donde más la deseaba. Catriona le deslizó las manos sobre el torso, rodeándole los hombros y arqueándose contra él, apretando los senos firmemente contra su pecho, permitiéndole que profundizara el beso un poco más. Y, por supuesto, Alejandro lo hizo. Lenta y reverentemente, le exploró la boca, acariciándosela con la lengua. No se cansaba de su sabor. Alejandro la estrechó más aún contra su cuerpo tratando de absorber toda la pasión. La delicadeza quedó atrás. Resultaba tan agradable sentirla contra su cuerpo...

Cuando ella comenzó a devolverle el beso, Alejandro sintió que volvía a perder el control. Quería más. Y lo quería en aquel mismo instante.

Estaba a punto de tumbarla en el sofá para arrancarle la ropa y poseerla con frenética pasión, pero se echó atrás rápidamente. Sin embargo, para su alivio y también su placer, había descubierto que ella también lo deseaba... Sí. Catriona iba a conseguir lo que los dos deseaban. Cuando estuviera lista. Cuando lo pidiera. Y cuando Alejandro pudiera mantener el control y conseguir que fuera algo superficial. Como siempre.

Lleno de satisfacción, la miró perezosamente.

—No creo que tenga que esforzarme mucho.

Capítulo 5

ATRACCIÓN sexual que resultará fácil de ignorar –replicó Kitty, sin aliento, mientras trataba de erguirse para no seguir apoyándose en él.

No podía negar que había sucumbido muy fácilmente a él. Demasiado fácilmente. ¿Cómo creía que iba a poder ignorar el efecto que ejercía sobre ella?

–¿Y por qué ibas a querer hacerlo?

Kitty se zafó de él y se alejó. Necesitaba espacio para poder pensar. Desgraciadamente, las piernas no parecían capaces de sostenerla.

–Estás muy aburrido, ¿verdad?

Aquello era tan fácil para él... tan natural como respirar. Sin embargo, su corazón ansiaba ese algo más. Ciertamente tenía que haber más.

–Y tú sufres de una seria falta de autoestima.

–No trates de halagarme.

–Estoy siendo sincero. Vamos –le dijo él–. Prepárate. Tengo que ir a trabajar, pero antes, tenemos que hacer un recado.

Kitty se tensó. Evidentemente, Alejandro estaba acostumbrado a llevar la voz cantante.

–En ese caso, ve a por mi bolsa, que está en el jardín común, ¿te importa?

–¿Dejaste tus cosas en el jardín? –le preguntó él mirándola con asombro–. Ciertamente eres una ladrona.

–Te apuesto lo que quieras a que no puedes encontrarla –le desafió ella con una sonrisa.

Alejandro la miró fijamente.

—Sé lo que estás tratando de hacer —dijo. Pero se marchó de todos modos.

Kitty, muy divertida, cruzó la biblioteca para ir a la ventana y observarle. Alejandro miró hacia arriba, tal y como ella había esperado. Después, se dedicó a examinar el jardín durante unos instantes para dirigirse sin dudar al arbusto donde ella había guardado la bolsa de viaje.

Regresó a la biblioteca unos instantes después, mostrándole la bolsa en la mano con gesto triunfante.

—No has traído mucho.

—Porque no pensaba quedarme mucho tiempo —replicó ella mientras se la quitaba de la mano y salía de la biblioteca.

—No vas a necesitar mucho de todas formas —dijo él antes de que Kitty se marchara.

Ella se encerró en el cuarto de baño y se dio una ducha rápida. Debía de estar loca por haber aceptado aquella proposición cuando resultaba evidente que Alejandro podía hacer que le deseara muy fácilmente.

Sin embargo, no se podía ignorar la química. Además, tenía la oportunidad de pasar una semana o más en su casa y poder despedirse de ella. Una oportunidad de mantener la cabeza alta la próxima vez que viera a las que tanto la habían criticado y, sobre todo, la oportunidad de demostrarle a Alejandro que se había equivocado y que no iba a conseguir todo lo que quisiera. No iba a conseguirla a ella.

Mientras mantuviera las distancias con él. Mientras no tuviera contacto ni hubiera más besos.

El modo en el que terminó su compromiso con James le había hecho mucho daño, pero dudaba que Alejandro pudiera entender aquel concepto. Era un hombre indestructible e insensible. Por lo que le parecía a Kitty, la vida era una fiesta para él. Kitty no iba a permitir que se saliera con la suya con ella, por muy bien que besara. Se negaba a ser otra conquista fácil.

Cuando salió del cuarto de baño, comprobó que él se había vuelto a duchar y se había puesto un traje azul marino con una camisa blanca, aunque sin corbata. Con el cabello húmedo, estaba tan guapo que los ojos le dolían de mirarlo. Sintió que su resolución flaqueaba. ¿De verdad pensaba que podría resistirse? Por supuesto que podría. No era ningún animal.

Cuando salieron de la casa, un coche los estaba esperando. Se trataba de un coche enorme y muy lujoso, con un gigante ataviado con gafas de sol y traje como chófer.

—Tal vez esta clase de ostentación te funcione en Nueva York, pero en Londres no se lleva esto, ¿sabes? —le dijo mientras se acomodaba en el asiento trasero—. Será mejor que la próxima vez tomes un taxi.

—Prefiero ponerme en manos de mi chófer, pero gracias por el consejo.

El coche se detuvo delante de un bonito edificio antiguo. Alejandro insistió en que entrara con él. Tan solo el sutil logotipo que había en la pesada puerta de madera le indicó que se trataba de un banco, aunque no de la clase de banco que visitaba la gente normal. Aquel banco representaba la exclusividad al máximo. La persona que les atendió no pestañeó cuando Alejandro insistió en que le entregara a Kitty una tarjeta en la que se ingresó un montón de dinero.

Poco después, los dos regresaron al coche.

—Paolo y este coche están a tu disposición todo el día. Cómprate lo que necesites —dijo él mientras observaba por la ventanilla las nuevas oficinas de su empresa—. Y espero que estés en casa cuando yo llegue.

—¿O?

Alejandro se volvió para mirarla. Kitty comprendió que toda su atención estaba centrada en ella. En aquellos momentos, era muy importante para él. Sintió un inesperado placer que la llevó a deshacerse prácticamente en el sitio.

–Hasta esta noche, mi dulce prometida –dijo, sin molestarse en responderla. Sabía que no era necesario.

Durante un instante, Kitty se preguntó si él iría a besarla otra vez. En aquella ocasión, estaría preparada y resistiría la tentación de dejarse llevar por la sensualidad.

Sin embargo, no fue así. No la besó. Simplemente se bajó del coche.

–¿Adónde le gustaría ir, señorita Parkes-Wilson? –le preguntó Paolo cortésmente.

–¿Podría limitarse a conducir durante un rato mientras me decido? –replicó ella.

Tenía que diseñar un plan para los siguientes días. Alejandro estaba demasiado seguro de sí mismo, pero ella no podía culparlo a él, solo a sí misma. Necesitaba algo con lo que combatir la intensidad de él.

No había tenido intención alguna de gastarse ni un penique de su dinero cuando realizó aquel comentario en la biblioteca, pero, tras la visita al banco, le apetecía que él pagara de algún modo su intolerable arrogancia.

Tal vez debería comprarse la ropa más cara que pudiera encontrar, algo totalmente escandaloso, en nada parecido a lo que ella solía ponerse. Aquel pensamiento la divirtió y le pidió a Paolo que la llevara a la tienda de un conocido diseñador. Sin embargo, cuando estuvo dentro, se quedó cautivada por un sencillo vestido negro que colgaba de una percha. Se acercó a mirarlo y sintió un escalofrío al ver que no tenía el precio puesto.

–¿Le gustaría probárselo, señorita? –le preguntó un elegante dependiente.

–Bueno, no sé...

Estaba tan acostumbrada a su ropa de trabajo, de pantalones de tres cuartos y jerséis negros, que le parecía que se iba a sentir rara con cualquier otra cosa. Recordó que, años atrás, una agencia de modelos había tratado de captar su atención. Durante unos días, se había sentido halagada al creer que alguien la encontraba bella. Entonces, vio la manera en la que se la describía en la ficha que llevaba su nombre.

Extravagante, con atractivo. Angular, andrógina. Alta con cabello rojizo. Piel pálida y pecas.

Después de ese baño de realidad, Kitty había decidido ocultarse con su propia versión del atuendo de artista muerta de hambre.

–Creo que le sentaría bien, señorita.

Evidentemente, le pagaban para que dijera aquello, pero Kitty permitió que la acompañara hasta el probador.

Cuadró los hombros. Tal vez ella nunca pudiera tener una belleza convencional, pero era capaz de ponerse vestidos de diseño. Un vestido como aquel sería una especie de armadura con la que podría ocultar sus debilidades y sus imperfecciones. Así, podría protegerse. Se sentía tan tentada...

–Necesito reafirmarme –le dijo al dependiente mientras él esperaba en la puerta del espacioso y elegante probador–. Unos vestidos que proclamen a gritos su exclusividad.

–Si me permite la sugerencia, nada es más exclusivo que la sutileza –replicó el dependiente con cortesía–. Pruébese ese. Regresaré con más dentro de un instante.

Kitty se desnudó rápidamente y se puso el vestido. Al mirarse en el espejo, parpadeó. El vestido le sentaba perfectamente, pero no dejaba mucha piel al descubierto. ¿Tendría razón el dependiente?

—Señorita...

Kitty abrió la puerta y vio que el hombre había regresado con más vestidos para que se los probara. Sin embargo, al verla, la miró con ojo crítico.

—Sí. Nuestros vestidos nunca pasan de moda —le dijo—. Y nunca pierden su valor.

Kitty pensó en aquella frase durante un instante. Si era cierto que nunca perdían su valor, tal vez podría venderlos en cuanto terminaran aquellas semanas y luego entregar el dinero que consiguiera a una organización benéfica. Eso le gustaba. Así, se podría gastar todo el dinero de aquel ridículo presupuesto que él le había proporcionado, pero solo para darle una lección. Se volvió al dependiente más animada e inspirada respecto a probarse ropa de lo que había estado en toda su vida.

—En ese caso, veamos qué más me ha traído.

Las horas pasaron sin que se diera cuenta. Después de comprarse vestidos, sucumbió a la tentación de adquirir lencería de encaje. Por supuesto, esas prendas no las vendería, pero los vestidos necesitaban el nivel de discreción adecuado. Y después, estaban los zapatos... Adquirió solo un par de pares con los que podría arreglárselas.

Después, se metió en un salón de belleza y se gastó un poco de su dinero en arreglarse. Si tenía que representar un papel, debía sentirlo.

Seis horas y media después, hizo que Paolo la llevara a Parkes House. Pensó que debería ocuparse de su trabajo, pero, sinceramente, no sabía ni por dónde empezar. Había tantas cajas... Francamente, no podía culpar a Alejandro si hubiera decidido echarlo todo a la basura. Sin embargo, tenía que empezar en algún momento para poder terminar y marcharse de allí.

Dos horas más tarde, Alejandro se presentó ante la puerta de la habitación en la que ella estaba.

—Veo que has estado muy ocupada. ¿Te has divertido yendo de compras?

—Ah, sí. Me he gastado todo tu dinero —mintió mientras le dedicaba una resplandeciente y falsa sonrisa.

—Muy bien, Supongo que te habrá costado.

Ella suspiró y se miró las uñas postizas con gesto de aburrimiento.

—En realidad no. Un puñado de vestidos, unos pares de zapatos... —se encogió de hombros—. Puf, el dinero se desvaneció como por arte de magia.

—Estupendo. Puedes dejar los recibos en el escritorio de la biblioteca. Sin embargo, veo que no estás preparada para salir —añadió mientras se apoyaba en el marco de la puerta.

—¿Vamos a salir?

De repente, la ansiedad se apoderó de ella. Iba a tener que ponerse uno de esos vestidos. Iba a tener que fingir. Iba a tener que mirarle desde el otro lado de la mesa... Alejandro era demasiado guapo. Demasiado seguro de sí mismo.

Prefería seguir rodeada de cajas.

—¿Es que no tienes hambre?

Alejandro tenía mucha hambre y no solo de comida. Catriona estaba muy hermosa mirándole de aquella manera, con una miríada de sentimientos reflejados en sus excepcionales rasgos.

—Creo que es un buen restaurante.

—¿Es que no cenas nunca en casa?

—¿Y por qué iba a hacerlo? Me gusta relacionarme con mucha gente.

—Vaya... Veo que te has dado cuenta de lo aburrida que es tu propia compañía.

Alejandro se quedó en silencio durante un instante, pero luego se echó a reír.

—¿Acaso tú te quedas en casa y te cocinas algo especial todas las noches? —le preguntó desafiante.

Kitty sonrió.

—No. Yo me preparo fideos instantáneos todas las noches —dijo. Alejandro hizo un gesto de asco—. Añado también unas verduras.

—Como si eso lo mejorara.

—Soy una artista muerta de hambre. ¿Qué esperabas que comiera?

—Bueno, pues esta noche vas a cenar como una reina si te das prisa y te arreglas.

—Está bien, cariño —dijo ella con sorna—. No tardaré mucho.

Alejandro observó cómo salía de la habitación sorteando las cajas con facilidad. Entonces, se dirigió a la biblioteca a esperar. Sacó el teléfono para comprobar el correo que pudiera haberle llegado desde que se marchó de su despacho. Sin embargo, para su sorpresa, quince minutos después Catriona carraspeó desde la puerta.

Alejandro miró en esa dirección y se olvidó hasta de su nombre.

—Si vas a tener ese aspecto, te puedes gastar todo el dinero mío que quieras —comentó. El vestido era negro. Una vez más. Sin embargo, se le ceñía al cuerpo, aunque cubría gran parte de su pálida piel. Sintió que se le hacía un nudo en la garganta—. Veo que seguimos de negro.

—Bueno, estoy de luto por la pérdida de mi libertad.

Alejandro se echó a reír.

—Ha debido de ser duro para ti perder esta casa.

—El largo adiós a la porcelana familiar —musitó ella—. Es una pena.

–Pobrecita, te han quitado el pan de debajo del brazo..

Si Catriona seguía mirándole de aquel modo, Alejandro no iba a conseguir llegar al restaurante. Estaba acostumbrado a salir con mujeres muy hermosas, pero no había encontrado a ninguna de ellas tan atractiva como le parecía Catriona en aquellos momentos, con su angular y desafiante rostro, sus brillantes ojos y la barbilla muy levantada. Se echó a reír, aunque, en cierto modo, la reacción que había tenido para con ella no resultaba en absoluto divertida. Había tenido tantas ganas de ver lo que ella le reservaba que había salido del trabajo un poco antes para descubrirlo. Era la primera vez que lo hacía por una mujer. Catriona Parkes-Wilson no era en absoluto previsible.

–¿Nos vamos?

–¿Adónde?

Alejandro le nombró el restaurante que, según su asistente personal, tenía una lista de espera de varios meses.

–Allí habrá muchas personas famosas –dijo ella. Frunció el ceño y se miró el vestido.

–¿Acaso les vas a pedir un autógrafo? –replicó Alejandro. Ella se echó a reír–. Estás muy guapa. Tenemos que marcharnos. Ahora mismo.

Paolo los estaba esperando con el motor en marcha.

–¿Es que no conduces tú solo a ninguna parte? –le preguntó ella mientras se metía en el coche.

–¿Y por qué iba a hacerlo cuando puedo ir de la mano contigo en el asiento trasero? –replicó él.

Alejandro le tomó la mano y sintió que ella la apretaba hasta convertirla en un puño. A pesar de todo, la energía que fluía entre ellos restallaba en el aire dentro del coche. A Alejandro le hizo falta toda su fuerza de voluntad para no estrecharla entre sus brazos y besarla.

Mantuvo la distancia, dispuesto a controlar la situación como hacía siempre.

—Siento mucho llegar tarde —dijo él cuando los dos entraron en el restaurante y llegaron a la mesa en la que les esperaban unos colegas—. Espero que vosotros hayáis pedido ya.

Catriona le apretó la mano con fuerza.

—Me prometiste que no habría fiestas —susurró mientras tomaba asiento junto a él.

—Esto no es una fiesta —replicó él—. Es una cena.

—Bueno, es una cena con amigos —insistió ella en voz baja—. Aquí hay como quince personas.

¿No era ese el propósito de una cena? ¿Socializar con otras personas? A Alejandro le gustaba estar con otras personas, pero ella no parecía cómoda.

—¿Te encuentras bien?

—Tendré que fingir.

Aquellas palabras provocaron en Alejandro un fuerte sentimiento de protección hacia ella. ¿Acaso no sabía lo hermosa que era? ¿De verdad le intimidaba tanto estar con otras personas? ¿O acaso era que había querido cenar a solas con él aquella noche? Se le alteró el pulso. No recordaba la última vez que había cenado a solas con una mujer. Le gustaba cenar con colegas de trabajo, amigos y verse rodeado de gente alegre. Eso era normal, ¿no? Además, la compañía le daba seguridad. Demasiado tiempo a solas con una mujer le podría conducir a complicaciones que no quería sentir. Lo único que buscaba en las mujeres con las que salía era el disfrute físico, el mutuo placer. Si se llevaba a una mujer a su casa, la animaba a marcharse inmediatamente después del sexo. Si ella se quedaba dormida, o fingía estarlo, en su cama, Alejandro se marchaba a su despacho para trabajar hasta el alba. Cuando la mujer en cuestión se despertaba y veía que él no estaba a su lado, comprendía rápidamente el mensaje. Incluso si estaba saliendo durante semanas con una mujer, necesitaba dormir solo, un espacio íntimo al que retirarse.

—Pide algo de comer. Te sentirás mejor —le dijo a Catriona.

—Estoy empezando a pensar que debes de ser un devorador emocional.

—No —comentó él riéndose—. Solo sé que no paraste a almorzar. Debes de estar hambrienta.

—¿Y por qué lo sabes?

—Me lo dijo Paolo.

—Entonces, ¿se te informa de todos y cada uno de mis movimientos?

—Por supuesto. El bienestar de mi prometida es de gran interés para mí.

Ella miró con enojo la carta.

—¿Ocurre algo? —le preguntó él.

—Soy vegetariana —le espetó ella—. Todo esto del *foie gras* francés y del entrecot poco hecho no me va.

—¿Otro capricho de los tuyos?

—Soy vegetariana desde los siete años.

—¿Lo decidiste un día así de repente?

—Más o menos.

—¿Y tus padres estuvieron de acuerdo?

—Por supuesto que no. Así que me puse en huelga de hambre hasta que accedieron.

Alejandro sonrió imaginándose la testarudez de la niña pelirroja.

—¿Cuánto tiempo tardaron?

—Un poco más de una semana.

—¿Tanto? ¿Y por qué te negaste a comer carne? ¿Por razones éticas o de dieta?

—¿De verdad tienes que preguntarlo?

—Veo que, cuando sientes algo muy dentro, te atienes a ello hasta el final, ¿verdad?

–Sí. Es todo o nada. Si no, ¿de qué sirve?

–Entonces, cuando te equivocas, te equivocas hasta el fondo.

–No, porque casi nunca me equivoco.

–¿No? ¿Y sobre los hombres? –preguntó él sonriendo–. ¿A la tercera va la vencida?

–¿Te refieres a cuando me haya librado de ti? No. Me voy a meter a monja –musitó para que los demás no pudieran escucharla.

–No, no. De eso nada. Siempre necesitarás una vía de escape para tanta pasión.

–Para eso está mi arte.

Alejandro se echó a reír.

–¿Qué os parece tan gracioso a vosotros dos? –les preguntó una de las mujeres que había sentadas a la mesa.

–A Alejandro le encanta tomarme el pelo –respondió Catriona antes de que lo hiciera él.

Alejandro escuchó encantado cómo Kitty llevaba a cabo su papel. Muchos de los presentes en la cena eran de los Estados Unidos como él y rápidamente Catriona se los metió en el bolsillo con sus recomendaciones para visitar Londres. Para estar fingiendo ser su prometida, lo estaba haciendo muy bien. Cuando la cena llegó, guardó silencio y se puso a comer su plato vegetariano con gusto.

–¿En qué estás pensando? –le preguntó Alejandro cuando vio que ella sonreía ligeramente.

–¿De verdad quieres saberlo?

–Sí –dijo él. Había descubierto que deseaba saber todo lo que le pasaba por la cabeza a Catriona.

–Estaba pensando en lo delicioso que está esto.

–Entonces, a pesar de la desilusión inicial con el menú, hemos conseguido agradarte.

Catriona asintió y sonrió. Sus ojos relucían con la

luz del local y la piel era tan pálida que resultaba casi
luminiscente.

Alejandro se levantó.

–Ven conmigo. Hay algo que quiero que veas.

–¿Ya nos marchamos?

–Solo un instante. Por aquí.

Alejandro sonrió cortésmente a los otros y agarró
con firmeza la mano de Catriona para llevarla hacia un
pasillo.

–¿Por qué estamos aquí? –le preguntó ella asombrada. Y muy hermosa.

–Para admirar este cuadro –respondió él indicando
una pintura que colgaba en la pared–. Como artista que
eres, pensé que te gustaría.

–Yo no me dedico a la pintura.

–Está bien. Te he traído aquí porque quería estar a
solas contigo –dijo él. No tenía miedo de ser sincero.

Kitty lo miró fijamente. Poco a poco, reemplazó el
ceño con una sonrisa.

–Pensaba que te gustaban las cenas con mucha gente
–bromeó.

–Shh...

Alejandro casi no la había tocado en todo el día,
pero ya no pudo seguir resistiéndose. Quería saborear
aquella sonrisa, sentir aquellos labios, reclamar aquel
cuerpo con el suyo y verla experimentar todo el placer
que pudiera hacerla sentir...

–Alejandro...

Él le atrapó los labios con los suyos y gruñó de placer cuando sintió que ella los separaba inmediatamente.
La cautela y el autocontrol desaparecieron. La estrechó
con fuerza entre sus brazos y apretó el cuerpo de Catriona contra la firme masculinidad de su cuerpo. Le
parecía que jamás podría acercarse a ella lo suficiente.
Sin que pudiera contenerse, el beso se profundizó y lo

mismo ocurrió con su frustración. Quería estar a solas con ella. Desnudos. Quería tener todo el tiempo del mundo para explorar su cuerpo, para saborear cada centímetro de su piel. Sin embargo, por el momento tendría que conformarse con su boca.

Kitty perdió toda noción de tiempo, espacio y cordura. Nunca la habían besado de aquel modo. Nunca se había sentido tan cerca del cielo. Necesitaba a Alejandro. Quería acurrucarse contra él, dejar que él la tocara más... por todas partes. Sus besos la drogaban y despertaban su deseo. Nunca había deseado a un hombre como él. No quería que aquello terminara. No quería que terminara jamás, pero precisamente por ello tenía que hacerlo. No podían seguir. Ni en aquel momento ni en aquel lugar.

Apartó los labios de los de él y giró la cabeza hacia un lado.

—Alejandro... hay más gente.

Estaban en el pasillo como dos adolescentes que no se podían ir a la casa de sus padres para tener intimidad.

—Estamos prometidos. Es normal que nos besemos. Nadie creería que estoy comprometido y que no toco ni beso a mi prometida.

—Está el beso ocasional, pero también el comportamiento indecente —dijo ella—. Solo accedí a esto para que no me arrestaran, ¿te acuerdas?

—Bueno, unos besos no van a hacer que te arresten —comentó él sonriendo—. ¿O acaso estabas a punto de desnudarte para poseerme contra la pared?

Si Alejandro supiera... Le dio con un dedo en el pecho.

—Deja de provocarme.

—Hacía años que no me divertía tanto —dijo él estrechándola de nuevo entre sus brazos para darle otro beso en los labios–. Tu respuesta es tan magnífica... Te enciendes como el fuego. Debes de ser incandescente cuando alcanzas el orgasmo.

Una oleada de calor estuvo a punto de abrasarla allí mismo.

–En estos momentos, estoy incandescente de ira. Deja de hablar de ese modo –susurró, segura de que se había ruborizado.

Alejandro inclinó la cabeza y le susurró al oído:

–Pero te está excitando.

–Todo el mundo está mirando –protestó ella, aunque no era cierto.

–No me importa.

–Pues a mí sí –repuso ella empujándolo para que se apartara–. Ya es muy tarde. Yo me acuesto antes.

–¿Quieres irte a la cama? –le preguntó Alejandro dando un paso atrás y mirándola con picardía.

–Sola –mintió–. Sí.

–En ese caso, vayámonos.

Capítulo 6

OFICIALMENTE, Parkes House tenía ocho dormitorios, todos ellos con sus correspondientes cuartos de baño. La mitad estaban en la segunda planta y el resto en la tercera.

—¿Qué dormitorio es el tuyo? —le preguntó Alejandro mientras subían la escalera—. ¿El que está al lado del mío?

—Por supuesto que no.

Le había sorprendido ver que él había tomado posesión de uno de los dormitorios más pequeños, pero tal vez la razón era que había tantas cosas metidas en todos los demás.

—Entonces, ¿sabes cuál es el mío? ¿Entraste y miraste mis cosas? —comentó Alejandro con una sonrisa.

—Por supuesto —replicó ella, tratando de comportarse como si no estuviera avergonzada—. Cuanto más se sabe sobre el enemigo, mejor equipado está uno para ganar la batalla.

—¿Enemigo? —comentó él riéndose—. Un poco extremo, ¿no te parece? ¿Y aprendiste algo que te sea de utilidad?

Kitty respiró profundamente para tratar de tranquilizarse.

—Cómo te gusta presumir. Como si uno pudiera leer todos esos libros a la vez —repuso ella recordando los libros que tenía él sobre la mesilla.

—Me gusta leer. Por cierto, te aseguro que no vas a

encontrar los diamantes. Están a buen recaudo. Son demasiado valiosos –añadió mirándola con curiosidad–. Entonces, ¿cuál es tu habitación?

El corazón de Kitty latía a toda velocidad. No sabía cómo iba a poder resistirse a él.

–La mía.

–¿No es ninguna de estas? –insistió él mientras pasaban por delante de varias puertas. Ella negó con la cabeza–. Muéstramela.

–Está bien –dijo ella dirigiéndose al siguiente tramo de escaleras.

–¿Estabas en la última planta? ¿En las habitaciones de los criados?

–No te vayas a creer que yo era una especie de Cenicienta. En muchos sentidos, estaba muy mimada.

–Como si no me lo hubiera imaginado.

Kitty lo miró y vio que él estaba sonriendo. Cuando llegaron a la tercera planta, avanzaron por un pasillo mucho más estrecho. Ella abrió una puerta, encendió la luz y se hizo a un lado para dejarle pasar.

–Oh...

–¿Qué pasa?

–Hay tanta luz...

Kitty observó las paredes, pintadas de blanco, y los muebles del mismo color, junto a la miríada de pequeñas ventanas que le daban una gloriosa vista del cielo. No pudo evitar sonreír porque, efectivamente, él tenía razón. Incluso de noche, aquella habitación estaba llena de luz. No se podía creer que nunca la hubiera visto antes.

–¿Es que no habías subido aquí antes? ¿Te compraste esta casa con todo su contenido sin examinarla bien?

–Me gustaba la zona en la que está, lo cerca que se encuentra de mi trabajo y de todo lo demás. Si hay algo que no está bien o que no me gusta puedo arreglarlo.

–A mí me gustaba la vista que tengo desde aquí, la

luz y el espacio —le explicó mientras entraba en la habitación y se colocaba a su lado.

Vio que Alejandro estaba mirando la estrecha cama que había en un rincón.

—¿Subiste aquí alguna vez a un chico a escondidas para que compartiera la cama contigo?

—Por supuesto que no. ¿Qué clase de pregunta es esa? No piensas en otra cosa.

Alejandro se echó a reír.

—¡Venga ya! Todo ese tiempo utilizando esa llave secreta tuya.

—Por supuesto que no —replicó ella. Eso era la clase de cosas que él habría hecho—. Yo era una buena chica.

—Me sorprendes. Entonces, ¿a qué se debía la necesidad de entrar y salir si no era para divertirse a lo grande?

—Estaba explorando el mundo del arte.

—¿Eras la joven musa del mundo bohemio?

—En realidad, mi primer novio era tres meses menor que yo. Estudiaba Arte cuando yo estaba en la universidad.

—Y luego vino el despreciable prometido.

Kitty odiaba que pudiera averiguar tan fácilmente su falta de experiencia.

—No es tan fácil para todo el mundo, ¿sabes? —musitó algo enojada.

Era una desilusión. A Kitty le habría gustado ser uno de esos espíritus libres que iban de un romance a otro sin sufrir daño alguno, pero no era así. No se parecía en nada a Alejandro y no quería estar con alguien que sabía que la defraudaría. Por el momento tenía su atención, pero esta pasaría pronto a centrarse en otra persona y ella se quedaría de nuevo sola.

Él le colocó las manos en los hombros y le hizo darse la vuelta.

—Yo haría que fuera sublime.

—Tú prometes mucho —musitó Kitty.

–Entonces, ¿quieres pruebas?

Kitty ya no sabía lo que quería, pero sabía que aquel momento se produciría desde la primera vez que se miraron.

–¿Siempre consigues lo que quieres?

–Cuando decido que quiero algo, no me detengo ante nada hasta que lo consigo, por lo que sí. Siempre.

–¿Y en estos momentos me quieres a mí?

–Sí.

–¿Y no te detendrás ante nada?

Alejandro no respondió. Se limitó a sonreír. Se acercó un poco más a ella y se inclinó para besarla. Kitty no se negó. No dio un paso atrás. Simplemente se lo permitió.

Y le gustó.

Gimió suavemente mientras él se acercaba un poco más para reclamarla con su beso. Besos dulces, provocadores, tiernos y tormentosos. Se apretó un poco más contra él, buscando más. Alejandro le acarició la espalda y le colocó la mano en la cadera. Ya no era suficiente. Había dejado de ser suficiente.

A Kitty le temblaban las piernas. Ya no era capaz de soportarlo más. Literalmente, no se podía tener de pie. No tuvo que decir nada. Sin saber cómo, encontró la cama contra sus piernas. Con un rápido movimiento, él la hizo tumbarse sobre el estrecho colchón y se tumbó encima de ella. Kitty se echó a temblar ante la sensación que por fin estaba sintiendo.

Alejandro murmuró algo, pero ella no lo escuchó. No importaba, porque él comenzó de nuevo a acariciarla, a deslizarle los dedos por la cintura para luego ir subiéndoselos por el costado hasta cubrirle un seno. Su cuerpo ansiaba el contacto. Ansiaba poder liberarse de la ropa. Se sentía tan caliente... Alejandro la miró a los ojos durante un instante. La pasión había oscurecido los de él aún más y tenía también la piel ligeramente sonrojada.

Kitty no creía haberlo visto nunca tan guapo... ni tan peligroso. Cada célula de su cuerpo vibraba de anticipación.

Alejandro sonrió y ella se sintió perdida. Él le enmarcó el rostro con las manos y le enredó los dedos en el cabello para mantenerle el rostro completamente inmóvil y poder saborearle a placer los labios. La tocó, la acarició, la turbó hasta que ella ya no pudo contener más su anhelo. El deseo se hizo aún mayor.

Alejandro no parecía cansarse de besarla. Afortunadamente, porque ella tampoco se cansaba de besarlo a él. Se arqueaba, tratando de acercarse aún más a él, deseando sentirlo por todas partes. Separó las piernas para permitirle que se uniera un poco más íntimamente a ella. Gruñó de placer cuando sintió que la firme columna de su masculinidad la tocaba justo allí... Sin poder evitarlo, comenzó a moverse para frotarse contra él y tratar de aliviar la necesidad que sentía, más cerca de una excitación que solo podría tener un final. Sintió que el sujetador le apretaba demasiado porque los senos luchaban por liberarse. Por fin, Alejandro se movió y comenzó a besarle el cuello hacia la garganta, hasta que los ardientes labios llegaron por fin a la línea del escote.

Apretó los músculos y gritó de placer cuando Alejandro presionó los labios contra el erecto pezón a través de la tela del vestido. Rápidamente, volvió a besarle los labios. Ya no había ternura, solo deseo y pasión.

—Quiero verte —susurró él mientras le deslizaba las manos sobre los muslos para levantarle el vestido—. Quiero ver cada centímetro de tu piel.

Kitty abrió los ojos. Aquellas palabras la habían devuelto de repente a la realidad. La luz le dolía. Había tanta luz allí... No quería que él la viera. No quería que él viera todas sus imperfecciones. En menos de un segundo, se comparó con todas las mujeres que él habría conocido, mujeres muy hermosas, y le agarró la mano para impedirle que siguiera subiéndole el vestido. Había muy pocas personas que la hubieran visto desnuda y eso no ocurriría con aquella luz tan brillante. Ni con Alejandro ni con nadie.

Aquel comportamiento era, además, muy poco propio de ella. Le asombraba desear a un hombre del modo en el que lo deseaba a él. Casi le asustaba.

Se quedó completamente inmóvil.

Alejandro levantó la cabeza y la miró.

—¿No estás preparada, Catriona?

Kitty lo miró y, de repente, pensó que tal vez nunca estaría preparada para él. Alejandro sonrió con una mezcla de ternura y tensión.

—Creo que es mejor que lo consultes con la almohada.

Se levantó de la cama.

—¿Te vas a marchar?

—Tal vez yo sea más paciente de lo que tú crees —dijo antes de darle un ligero beso en los labios—. Nunca haré nada que no quieras que haga. Quiero que eso quede muy claro.

Kitty se incorporó en la cama y observó cómo se marchaba de la habitación. Sentía frío y calor a la vez, se sentía confusa y aliviada. Se volvió a tumbar en la cama, lamentándose de haberse mostrado tan contenida. Podría haber disfrutado de una experiencia única si no hubiera sido tan tímida y tan insegura. Tan estúpida.

Si él la hubiera besado unos minutos más, no se habría podido negar a nada. Sin embargo, Alejandro no iba a permitir que fuera así. Quería que ella se mostrara comprometida con lo que ocurriera entre ellos. Resultó que él era mucho más caballeroso de lo que ella había pensado.

Se tumbó boca abajo y ocultó el rostro en la almohada. Solo era deseo, ¿no? Sabría controlarse. No debería ser tan difícil. Sin embargo, ella lo deseaba y él lo sabía. Iba a obligarla a decirlo para que no hubiera duda alguna.

¿Podría ella aceptar lo poco que él le ofrecía? ¿Era realmente tan poco? Kitty nunca había tenido esa clase de aventura. Nunca había disfrutado del placer que él le había hecho sentir con aquellas pocas caricias. Tal vez podría hacerlo. Tal vez, una vez que lo hubiera hecho, todo terminaría. El deseo moriría porque la necesidad que lo empujaba habría sido satisfecha. Lo único que tenía que hacer era tragarse su orgullo y decirle que sí.

Sin embargo, no podía. No quería ponérselo tan fácil. No quería ser una más.

Eso significaba que tenía un grave problema.

Aquella noche durmió poco. Se levantó muy temprano a la mañana siguiente y, de mala gana, bajó a la cocina a por un poco de fruta. Desgraciadamente, se encontró a Alejandro en el rellano del segundo piso en pantalones cortos y camiseta. Estaba muy sudoroso y resultaba evidente que había salido a correr. Así era como lo hacía...

–¿Como hago qué? –le preguntó él.

Kitty se atragantó. ¿Acaso lo había dicho en voz alta? Debía de ser. Con cierta incomodidad, trató de explicarse.

–Lo de comer toda esa comida con tantas calorías y estar tan...

–¿Qué?

–En forma –musitó ella.

Alejandro no sonrió.

–¿Es eso lo que te pones para irte a la cama? –le preguntó indicando el pijama blanco que ella llevaba puesto–. Te pones de negro por el día y de blanco por la noche. Es muy propio de ti.

Durante unos instantes, los dos permanecieron en el rellano sin moverse.

–Por favor, quiero que estés lista para salir cuando yo llegue a casa esta noche –le dijo él–. Al contrario que algunos, yo trabajo mucho durante el día y, cuando he terminado, tengo hambre.

Ella se tensó.

–Por supuesto, cariño. No te haré esperar ni un segundo más de lo necesario.

–Dios –murmuró él con voz ronca–. Espero que no.

Alejandro se centró en el trabajo, decidido a no pensar en Catriona durante el resto del día. Sin embargo, los pensamientos sobre ella asaltaban constantemente su concentración. Nunca había conocido a una mujer como ella. Misteriosa, terca. Irritante. Sin embargo, le hacía reír, y la sensación de su cuerpo arqueándose contra el de él... El sonido de sus gemidos a medida que el deseo fue apoderándose de ella...

Soltó el aliento y se apartó disgustado del ordenador. No estaba consiguiendo nada. Se metió la mano en el bolsillo y sacó el collar de diamantes, que había decidido llevar siempre encima. Quería volver a vérselo puesto. Los diamantes y nada más, pero eso era lo que le había hecho cambiar de opinión, oír que él la quería ver. En ese aspecto tenía una inseguridad que él tendría que borrar de algún modo.

Trabajó deliberadamente hasta muy tarde para demostrarse a sí mismo que podía estar apartado de ella. Se dijo que no era nada. Que era fácil. Que seguía a salvo. Sin embargo, cuando por fin se dirigió a casa, el pulso comenzó a latirle con fuerza. Tuvo que contenerse para no subir la escalera rápidamente y tomarla entre sus brazos.

La encontró en uno de los dormitorios, rodeada de cajas. Volvía a estar vestida de negro. Camiseta de manga larga, pantalones ceñidos y deportivas del mismo color. El cabello le caía por la espalda, tan glorioso como siempre. A Alejandro comenzó a hervirle la sangre en las venas. Solo verla le proporcionaba placer, pero vio que ella tenía un gesto triste en el rostro. Tal vez la pérdida de todas aquellas cosas la entristecía.

–¿Qué hay en esa caja? –le preguntó refiriéndose a la que ella estaba examinando.

–¡Oh! –exclamó ella sobresaltada–. Son los regalos de Navidad y de cumpleaños que le di a mi padre todos los años desde que tenía unos ocho. Mis primeras esculturas. Evidentemente, no sintió necesidad alguna de conservarlas.

Alejandro sabía que ella tenía problemas con su padre y, por todo lo que había dejado en la casa, parecía que la relación entre ambos no era buena. Sabía que unos padres eran peores que otros, pero el de él era el peor de todos.

Levantó algunas de las piezas. Algunas estaban dañadas, o por el paso del tiempo o por no haber sido guardadas con cuidado, pero había un par de ellas, como un jarrón y un león, que eran muy delicadas y que demostraban gran habilidad.

–Algunas son...

–Terribles, lo sé. Solo era una niña. Mi padre no creía que yo debiera estudiar Bellas Artes. Hubiera preferido que encontrara un trabajo de verdad, de los que dan dinero. Eso era lo que más le importaba a mi padre, al hombre que se había casado con una mujer de buena familia y que había perdido todo el dinero... –añadió con una sonrisa triste–. Tus padres deben de estar muy orgullosos de ti.

Durante un instante, Alejandro no supo cómo reaccionar. Tardó un segundo en recuperar la compostura. Ella no sabía nada sobre sus padres. No sabía que...

No sintió deseos de contarle nada. Nunca hablaba de ello y siempre se aseguraba de que la conversación no se hiciera tan personal como para que una mujer le preguntara. Varios colegas de negocios lo sabían, pero también sabían que no se mencionaba.

–¿Estás lista para ir a cenar?

–El tiempo se me ha pasado volando –respondió Kitty sorprendida por la gélida reserva que mostraba Alejandro–. Solo necesito cinco minutos si vamos a volver a salir.

–Por supuesto.

Kitty le lanzó una mirada de cautela y se marchó a cambiarse de ropa. ¿Por qué había reaccionado de aquel modo cuando ella mencionó a su familia? Le fascinaba el misterio que rodeaba aquella parte de su vida y el exótico acento que tenía. Lo quería saber todo sobre él.

Durante la cena, le resultó imposible. Los demás comensales charlaban animadamente sobre temas tópicos, pero nadie le preguntó nada personal a ella sobre su relación con Alejandro. Tampoco le preguntaron nada personal a él, lo que desilusionó a Kitty un poco. Solo hablaban de temas de trabajo, de política y de actualidad.

Poco a poco, Kitty se fue dando cuenta de que, en realidad, él hablaba poco. Se limitaba a sonreír y a realizar algún comentario aislado, pero sus contribuciones a la conversación eran muy limitadas. Parecía conformarse con verse rodeado por el ruido y la conversación. La curiosidad de Kitty aumentó.

De repente, se dio cuenta de que no era la única que sentía curiosidad en la mesa. La mujer que estaba sentada frente a ella había estado observando atentamente a Alejandro. Como los intentos por entablar conversación con él le resultaron infructuosos, centró su atención en Kitty.

–¿Aún no llevas anillo? En ese caso, aún queda un poco de esperanza para las demás.

–Te lo puedes quedar si te gusta –replicó ella sonriendo–. No hago más que tratar de deshacerme de él, pero es muy insistente.

Toda la mesa quedó en silencio de repente.

–Después de la desilusión que Catriona experimentó en su anterior compromiso, ha decidido que un anillo trae mala suerte –comentó Alejandro con naturalidad–. He accedido a dárselo el día de nuestra boda, cuando intercambiemos nuestros votos –añadió mientras le apretaba la mano a Kitty suavemente–. A ella le cuesta confiar, pero me estoy esforzando para conseguirlo.

Kitty lo miró fijamente, incapaz de contestar. Lo miró a los ojos durante un instante y notó que él se estaba divirtiendo, pero vio algo más también. Su cuerpo se sintió consumido por el deseo. Se sintió muy avergonzada, pero también en cierto modo agradecida. Era una locura. Ella estaba loca y él también.

–Eres más mentiroso que yo –le susurró al oído del modo más provocativo que pudo cuando se volvió a retomar la conversación normal–. Ha estado muy bien, pero he cambiado de opinión. Quiero un pedrusco. Enorme. Lo más llamativo en lo que te puedas gastar tu dinero.

Se recostó en su asiento y sonrió, pero Alejandro le tomó el rostro con una mano y volvió a acercárselo al suyo para poder susurrarle él también.

–Demasiado tarde. He rescindido mi oferta. Me gusta más mi historia sobre la mala suerte. Tiene un cierto aire de autenticidad.

Alejandro estaba tan cerca que Kitty se sentía perdida en la profundidad de aquellos ojos oscuros. Se le aceleró el corazón. Era tan guapo.... Trató de aferrarse a la cordura, recordar que todo era tan solo un juego.

–No tienes corazón.

–No lo necesito –murmuró él tras soltar una carcajada. Ese comentario la golpeó como un viento helado.

¿De verdad podría ser alguien tan despreocupado? Kitty se echó hacia atrás. Para mantener la compostura delante del resto de los comensales, sonrió y tomó la copa de agua.

–Llévame hasta donde te atrevas, Catriona –añadió él en voz muy baja–. Yo me mantendré a tu ritmo. No me asustarás.

–Pensaba que ibas a impedirme que hiciera cosas escandalosas.

–He decidido que me gustan. La única persona a la que de verdad le causan problemas es a ti.

Cierto.

–En ese caso, ya está. No diré nada más.

Alejandro soltó otra carcajada.

–Nunca. Eres demasiado impulsiva para que esa promesa dure demasiado tiempo.

La verdad era que se estaba esforzando todo lo que podía por contenerse. Aquellos juegos eran divertidos, pero, cuando hubiera cedido ante él y ante su propio deseo, todo habría terminado. Para Alejandro tan solo contaba la emoción de la caza. Cuando la hubiera capturado a ella como su presa, se marcharía a cazar a la siguiente. Por eso, cuando regresaron a Parkes House, no le permitió que subiera la escalera con ella.

–No, no, no, no. Tú te quedas aquí.

Alejandro la miró, deteniéndose con un pie en el primer escalón.

–¿Ni siquiera un beso de buenas noches?

–No. Nada.

Él se apoyó contra la barandilla y sonrió.

–¿Tan difícil te resulta resistirte a mí que ni siquiera te atreves a darme un beso? En ese caso, ya no falta mucho.

Su arrogante carcajada la persiguió hasta su dormitorio. Alejandro era imposible. Pero precisamente de eso se trataba. Aquello no iba a durar mucho tiempo.

Capítulo 7

ESTOY lista –dijo Kitty levantando la mirada. Alejandro entraba después de un día muy frustrante. Al verla, se le secó la boca. Ella estaba sentada en el sofá de la biblioteca, con los tobillos cruzados. Llevaba puesto otro vestido negro, que se ceñía a sus curvas y le daba un aspecto muy sensual sin dejar nada al descubierto.

¿Estaba lista para él?

La noche anterior la había dejado escaparse sin un beso, pero ya había tenido más que suficiente. Nunca había invertido tanto tiempo en seducir a una mujer y verla allí sentada, tan tranquila y tan perfecta, fue la gota que colmó el vaso. ¿Acaso ella no se había pasado el día pensando en él? ¿No la corroía el deseo del mismo modo en el que lo devoraba a él?

–Alejandro...

Él no respondió. La hizo levantarse del sofá y la tomó entre sus brazos. La besó del modo en el que había estado fantaseando todo el día. Largo, profundo y lleno de deseo. La estrechó con fuerza contra su cuerpo. El deseo se apoderó de él cuando ella le devolvió el beso. Sí. Estaba lista. Completamente lista para él.

Levantó la cabeza para mirarla a los ojos y encontrar el consentimiento que tan desesperadamente necesitaba. Sin embargo, ella lo empujó.

–Basta ya. Me estás estropeando el cabello. He tardado horas en dejármelo así de liso, ¿sabes?

–Está precioso –dijo él mientras volvía a tomarla entre sus brazos. Necesitaba seguir tocándola–. Ven aquí.

–No. No lo he hecho para ti.

–¿No?

–¡Por supuesto que no! Lo he hecho para todas esas que quieren algo contigo. Las mujeres que no se pierden ni una sola de tus palabras. Tengo que mostrarles mis credenciales.

–Piensan que eres mi prometida –dijo Alejandro. Aquello era ridículo. No tenía nada que demostrar.

–¡Como si eso les importara a ellas! O a ti. Si una te gustara, te marcharías con ella en un abrir y cerrar de ojos.

Alejandro frunció el ceño. Lo último que le apetecía era dejarla para marcharse con otra mujer. De repente, no deseó compartirla con un montón de gente alrededor de una mesa. Quería toda su atención.

–¿Te acuerdas de todos sus nombres? –le preguntó ella. Alejandro la miró sin comprender–. Los de todas tus examantes.

–¿Y qué importa eso? Son irrelevantes para esta conversación. ¿Qué tiene de malo vivir el momento?

–Que es... eso, irrelevante.

–¿Tienes que ser tan profunda todo el tiempo? ¿Es que todo tiene que tener un significado?

–Todo, todo el tiempo, no. Pero a veces sí.

–Trabajo duro. Me divierto al máximo. Esta es la vida que me gusta. Ya te he dicho que no me voy a casar nunca. Ni pienso tener hijos.

Kitty dudó.

–¿Es que no te gustan los niños?

–No es algo que me interese.

–Vaya, pues es una pena. ¿Quién va a heredar todo tu dinero entonces?

Alejandro soltó una carcajada, aliviado de oír por fin uno de sus comentarios despreocupados.

—Lo voy a donar a obras benéficas.

—Muy bien. ¿Se lo vas a donar solo a una organización benéfica o lo vas a repartir entre varias, tal y como haces con tus habilidades sexuales?

—No irás ahora a tratar de convencerme para que tenga hijos, ¿verdad? Lo de que sería un gran padre y todo eso.

—No. Si no los quieres, pues no los quieres. ¿Quién soy yo para tratar de convencerte?

—¿Y tú, quieres niños? —le preguntó él. Sintió una extraña sensación en el pecho. Sin saber por qué, la imagen de Catriona con un bebé en brazos le dificultaba la respiración.

—Posiblemente, pero tendría que encontrar primero a un hombre decente y, por mi experiencia, hay muy pocos.

Alejandro se echó a reír para recuperar su equilibrio.

—Pobre princesa. Has ido de mal en peor.

—Eso es —afirmó ella—. Me escapé de la sartén para caer en el fuego.

—Sobrevivirás. Tal vez incluso te diviertas un poco.

Ella lo miró en silencio. Los ojos le brillaban. En aquellos momentos se estaba divirtiendo y los dos lo sabían.

—Entonces, ¿cuántas personas más va a haber hoy en la cena? ¿Habrá otros hombres para que yo pueda flirtear o solo habrá mujeres para que se desmayen con tus palabras y para que te inflen el ego?

—En esta ocasión no. Tan solo estaremos los dos —dijo él tras tomar la decisión en ese mismo instante.

—¿No habrá más gente? ¿Estás seguro de que podrás afrontar la profundidad de la conversación que podría ser necesaria?

–Creo que sí.

–¿Y adónde vamos a ir?

No lo sabía. Envió rápidamente un mensaje a su asistente personal para decirle que Catriona y él no iban a cenar con ellos aquella noche. Entonces, se enfrentó a la hermosa mujer que aún estaba frente a él.

–No lo sé. Tú eres la que vive aquí. Donde tú digas.

Ella examinó el traje de Armani que Alejandro llevaba puesto y luego su vestido de alta costura.

–No conozco esos restaurantes tan exclusivos a los que a ti te gusta ir.

–Habrá algo por aquí.

Alejandro no quería estar lejos de su cama. Aquella noche, Catriona iba a ser suya.

Terminaron en un pequeño restaurante tailandés de comida a domicilio. Kitty se apoyó sobre el mostrador de formica, riendo mientras pedía una selección de platos para los dos.

–¿Te gusta la comida picante? –le preguntó a Alejandro mientras le lanzaba una pícara mirada.

–No me puedo creer que me tengas que preguntar eso.

–A mí no demasiado.

–No te creo. Te leo como si fueras un libro abierto.

Kitty se giró para mirar por la ventana y ver a los viandantes.

–Tal vez yo también a ti.

–¿Y qué crees que ves? –le preguntó él mientras se acercaba un poco más a ella.

–Alguien que se vende barato –respondió ella, para sorpresa de Alejandro–. Tienes mucho más que ofrecer que belleza, un cerebro para hacer dinero y grandes habilidades sexuales.

–Vaya... –dijo él sin saber qué responder–. ¿Y qué más tengo que ofrecer?

–Tienes sentido del humor. Y eres amable.

–Creo que resulta evidente que me has confundido con otra persona.

–Bueno, puedes tener tus momentos de crueldad, pero no puedes ocultar tu tendencia natural hacia la amabilidad. No me delataste delante de todas esas personas de tu fiesta. Estás dejando que organice todas las cosas de mi familia, aunque un profesional lo haría mucho más rápido, porque sabes que me importa.

–Creo que descubrirás que mi motivación no es la amabilidad.

–En general, eres un buen tipo –insistió ella–, pero creo que no lo sabes. Cuidas de tus empleados, te tomas muchas molestias con tus invitados y das dinero a obras benéficas. Ahora, nos podemos sentar en el jardín si quieres, siempre que no te importe comer con cubiertos de plástico –añadió ella mientras echaba a andar.

–Supongo...

Alejandro la siguió recordando la cantidad de veces que, en su infancia, había comido sin cubiertos. Las veces que ni siquiera había comido porque no tenía ni siquiera dinero para comprar pan. Catriona no tenía ni idea de su realidad. No tenía ni idea de quién era él.

«¿Amable?». En lo que se refería a Catriona, no se sentía en absoluto amable.

Se sentó en el césped. No tenía ningún apetito. Sin embargo, le gustaba observarla, escucharla. Necesitaba distraerse del deseo que le tensaba los músculos.

El cálido atardecer dio paso a una noche algo fresca. Los últimos rayos de sol hacían que el cabello de Catriona reluciera. Alejandro quería extender la mano y tocarlo, tocarla a ella.

–¿Estaba bueno? –le preguntó mientras ella se tomaba la última cucharada de su curry.

–Ummm –musitó Kitty mientras masticaba.

–Así que te gusta picante –dijo él. Ella sonrió y Alejandro cayó rendido–. Vamos a casa.

Pronunció aquellas palabras sin pensar, pero, al escucharlas, sintió que se helaba por dentro. ¿Desde cuándo consideraba a Parkes House su casa? ¿A qué venía el deseo de tomarla entre sus brazos y estrecharla con fuerza? El corazón le latía con intensidad en el pecho. Trató de bloquear el miedo que sintió. Catriona era simplemente otra mujer a la que seducir. Nada más. Solo otra amante a la que poseer. Y dejar.

Capítulo 8

KITTY trabajaba rápida y eficazmente, ordenando por categorías los objetos antes de volver a meterlos en las cajas. Le molestaba que su padre le hubiera dejado tanto lío a un perfecto desconocido. Muchas de las cosas deberían tirarse a la basura o llevarse a un centro de reciclaje y cuanto antes, mejor, porque ella estaba completamente obsesionada con el enigma que representaba Alejandro Martínez.

La noche anterior, él había guardado un silencio absoluto mientras regresaban a casa y se había marchado a su dormitorio sin decir palabra. Ni siquiera buenas noches, con lo que mucho menos un beso de despedida. Aquella mañana, se había ido a trabajar sin despedirse de ella. No debería ser así, pero Alejandro había ocupado todos sus pensamientos. ¿Por qué en ocasiones parecía triste a pesar de su éxito? Había momentos en los que a Kitty le parecía ver una expresión de dolor en su rostro, tal y como le había ocurrido la noche anterior. Ella no había comprendido por qué. No habían estado hablando de nada personal.

El portazo resonó por toda la casa hasta llegar a la habitación en la que ella estaba trabajando. Kitty miró el reloj. Solo eran las cuatro, demasiado temprano para que él llegara a casa.

—¿Cómo vas? —le preguntó Alejandro cuando apareció en la puerta de la biblioteca unos instantes después. Parecía muy tenso y no sonreía.

–Odio a mi padre por haber dejado que llegara a este estado –admitió ella tratando de no mirarlo fijamente, pero fracasando en el intento.

–Otro día más cerca de tu valioso collar de diamantes. Sufres tanto por ellos...

–¿Por qué has regresado tan temprano? ¿No deberías estar dirigiendo tu imperio?

–Podrá funcionar sin mí con éxito durante unas horas. Es una prueba para los nuevos empleados –añadió mientras inspeccionaba una caja.

–¿De verdad?

–No.

El ambiente se enrareció entre ellos. El corazón de Kitty comenzó a latir rápidamente. Alejandro tenía una mirada extraña que no comprendía. Parecía que no hubiera dormido bien.

«No tengas tanta curiosidad, no sea que te empiece a importar».

Recordó que su madre se había enamorado de un sinvergüenza elegante y encantador y lo mismo le había ocurrido a ella con James. No debía volver a cometer el mismo error. Desgraciadamente, ansiaba demasiado volver a ver la sonrisa de Alejandro.

Él estaba examinando el contenido de una de las cajas.

–Estaba pensando que tienes razón –dijo él lentamente–. Creo que debería comprender más sobre esta casa y que lo mejor sería que lo hiciera mientras tú estás aquí para explicármelo.

–¿Por dónde quieres empezar? –le preguntó ella mientras observaba cómo Alejandro recorría la habitación tomando objetos para examinarlos, como si quisiera evitar mirarla a ella directamente.

–Muéstrame tus objetos favoritos –contestó él por fin. Aún no la había mirado.

–No tengo objetos favoritos, pero sí lugares favoritos.

–¿Como la biblioteca?

–Solía esperar allí a mi padre y siempre era una desilusión. Por eso Teddy me dejaba notas en el compartimiento oculto que hay en la estantería... para animarme.

–Entonces, ¿tu habitación?

–Eso vino después –le corrigió ella–. Mi lugar favorito es la habitación secreta.

Alejandro se volvió para mirarla muy sorprendido.

–¿Hay una habitación secreta?

–Sí... ¿a que es genial?

–No aparece en los planos.

–Si apareciera ya no sería secreta –comentó ella–. Vamos. Está abajo. No es muy grande. Más o menos del tamaño de un ascensor. Era una extensión de la despensa. Se selló y se ocultó la entrada porque uno de mis antepasados era un delincuente y se tuvo que ocultar del largo brazo de la ley.

–¿De verdad? ¡Dios mío, enséñamela!

Kitty lo condujo hacia la cocina. Se dirigieron hacia la despensa y, una vez allí, apretó suavemente un pequeño abultamiento que formaba parte del zócalo. Se escuchó un ruido y la pared se abrió, dejando al descubierto una estrecha abertura.

–Santo Dios...

–Casi nadie sabe que existe –dijo ella mientras se colaba por el hueco y revivía la excitación de antaño al verse en la pequeña habitación–. Es muy mona. Sin embargo, hagas lo que hagas, no...

Kitty se interrumpió al ver que Alejandro cerraba la puerta.

–¿No qué?

La oscuridad era total.

–Vaya –dijo Alejandro–, tendremos que buscar a tientas la palanca para abrir.

–En realidad, no hay luz ni palanca alguna aquí dentro.

–¿Significa eso que nos vamos a asfixiar aquí dentro?

–No, hay un conducto de ventilación.

–Menos mal. Pero ¿tendré que romper la puerta para salir?

–No, no la dañes. Es muy antigua. ¿No podrías llamar a una de tus asistentes personales y darle indicaciones sobre cómo abrir la puerta?

–No me he traído el teléfono.

–Vaya, yo tampoco, estamos encerrados.

Al comprender la situación, el deseo se apoderó de ella. Estaba encerrada a solas en la oscuridad con un hombre de un gran magnetismo sexual y muy imprevisible.

–¿De verdad que no hay manera de abrirla desde este lado?

–No.

Alejandro se quedó en silencio durante un instante. Entonces, ella lo oyó caminar, como si estuviera midiendo el espacio que tenían.

–Paolo vendrá dentro de una hora o así para llevarnos a cenar. Entrará por la puerta de la cocina. ¿Le podremos oír desde aquí?

–Sí.

–¿Y nos oirá él gritar a nosotros?

–Sí –dijo Kitty. Ella lo había comprobado varias veces de niña.

–En ese caso, solo nos queda esperar.

Kitty se apoyó contra la pared y se deslizó hacia el rincón en el que solía sentarse de niña. Decidió que no iba a ponérselo fácil a Alejandro.

–Esto es muy peligroso –dijo él–. ¿Cómo salías de aquí cuando eras una niña?

–Pegaba una cinta para que la puerta no se cerrara del todo. Así nadie me veía, pero yo podía salir sin problema.

En realidad, la cocinera lo había sabido siempre y había estado pendiente de ella. Ninguno de sus padres lo había sabido.

–¿Y qué hacías aquí sola?

–Dibujar. Soñar...

–¿Y eso no podías hacerlo arriba?

–Cuando mi madre estaba en casa, mi padre estaba fuera hasta muy tarde –dijo con tristeza. Su madre se sentaba en la biblioteca a esperarlo durante horas y horas–. Cuando ella no estaba, él se traía muchas invitadas a casa. Yo prefería quitarme de en medio.

–¿Y tu madre viajaba por motivos de trabajo?

–No. Se marchaba para encontrarse a sí misma. Cuando se renovó la parte de arriba, dejé de bajar. Ya no tenía que evitar a mi padre aquí. Podía hacerlo en mi propia habitación.

–¿Qué le ocurrió a tu madre?

–En una ocasión, no volvió de uno de sus retiros. Según he oído, ahora está en Australia. Supongo que por fin se ha encontrado a sí misma. Cuando se divorció de mi padre, se lo dio todo. Se deshizo de todas sus posesiones materiales y no regresó nunca.

Renunció también a sus hijos. Sin embargo, Kitty había tenido la casa y las cosas que hacía para decorarla. Y también a Teddy, cuando su hermano podía soportar estar en la casa.

–Y por eso te pasabas el tiempo dibujando y esculpiendo, lo que te llevó a estudiar Bellas Artes.

–Así es. Mientras que tú estudiaste...

–Derecho, Economía, Comercio...

–Vaya...

–Son títulos muy útiles. Mucho más que lo de Bellas Artes.

–No todo es ganar dinero –replicó ella.

–Y eso lo dice alguien que nunca ha tenido problemas para ganar el dinero necesario para tener un techo en el que cobijarse o comprar comida.

–Yo gano lo suficiente para mí, mientras que tú tratas de ganar todo lo que sea humanamente posible. Los hombres como tú celebran la caída de los que son como mi padre.

–En absoluto –comentó Alejandro riéndose–. Yo jamás celebraría la caída de nadie.

–Mi padre trabajaba mucho, ¿sabes? Simplemente cometió errores. Muchos. Trató de preparar a Teddy para que se hiciera cargo del negocio familiar, pero Ted lo odiaba y se le daba fatal. Se peleaban mucho.

–Y tú te escondías en tu habitación. No obstante, se ve que quieres a tu padre, aunque él te defraudara.

–Tiene sus debilidades. Como todos.

–Yo no.

Kitty se echó a reír.

–Claro que las tienes. Eres arrogante y testarudo.

–Lo que tú consideras debilidad, yo lo llamo fuerza. La testarudez significa determinación y me ayuda a tener éxito.

–No hay éxito en lo que viene de la impulsividad.

–¿Eso crees? Tú traes alegría. Risas. Lo imprevisible.

–¿Estás diciendo que soy imprevisible? –preguntó ella– Viniendo de ti, es un gran elogio.

–¿Acaso estás admitiendo que por fin te he encandilado?

–No, no. En absoluto. Sé que solo quieres una cosa.

Kitty sabía que ella también lo deseaba. Estaba cansada de enfrentarse a la atracción que sentía hacia él. Allí, en la oscuridad, nadie lo sabría. Allí podría aprender algo sobre él. Podría aprender la parte física. Se echó a temblar. Era demasiado consciente de la cercanía, de las posibilidades.

—Está muy oscuro, ¿verdad? —comentó.

—¿Acaso tienes miedo?

—Antes me daba miedo la oscuridad.

—¿Y ya no?

—Teddy me encerró aquí en una ocasión, poco después de que lo descubriéramos. Yo estaba aterrorizada, pero, después de un rato, me acostumbré a ello y me negué a que él supiera lo mucho que me había asustado. Entonces, descubrí que ya no me daba miedo y ya no tuve que fingir más. Este se convirtió en uno de mis lugares favoritos en el que esconderme.

—¿Fingiste hasta que lo superaste?

—Supongo que sí.

—A mí me gusta la oscuridad.

—¿Sí? ¿Por qué?

—Es segura. No se te puede ver.

La respuesta sorprendió a Kitty. ¿De qué o de quién se querría esconder Alejandro?

—No se te puede encontrar —añadió él.

—¿Te gustaba esconderte?

—Uhm...

¿Por qué habría necesitado sentirse seguro? Kitty extendió la mano, incapaz de resistirse más, para ofrecerle la tranquilidad de su contacto. Tocó su rostro y notó que la barba había empezado ya a crecerle. Aquello era lo que ella deseaba... Allí, en la oscuridad, nadie lo sabría. Ella no podía ver. Alejandro tampoco podía ver. Podría ser un secreto.

—Catriona...

—Shh... —susurró ella. Solo quería explorar.

—¿Sabes lo que estás haciendo?

Ella sonrió en la oscuridad y se acercó a él para apretar los labios contra la mandíbula de Alejandro.

Notó que él se tensaba. Entonces, sintió su aliento en el rostro.

—No empieces algo que no se pueda parar. No lo hagas a menos que estés muy segura.

Kitty nunca estaría muy segura de nada, pero, en aquellos momentos, quería explorar todo lo que pudiera de él. Le gustaba estar allí en la oscuridad, donde ella también se podía esconder y donde ninguno de los dos podía ver nada.

La mano de Alejandro le tocó la barbilla y le trazó suavemente el labio inferior. Kitty no se pudo resistir y le acarició el dedo con la lengua.

—Esto no es buena idea —susurró él.

Antes de que Kitty pudiera responder, la besó suavemente.

—Sí.

—¿Sí que esto no es buena idea o sí que...?

—Solo sí.

Kitty se ofreció a él a ciegas, buscando de nuevo sus labios. Fue buena idea. Una muy buena idea.

El beso de Alejandro no fue suave. Kitty se rindió a él y, allí, en la oscuridad, desató su deseo. Quería tocarle, sentir cada parte de su cuerpo. Quería...

Alejandro no tardó en reaccionar. Le agarró la cintura y la capturó por completo.

—Creo que te gusta correr riesgos, Catriona —musitó.

—Alejandro...

Él respondió a su súplica sin palabras. Su cálida boca se adueñó de la de ella mientras las manos no dejaban de explorar. Le levantó la camiseta. Ella gimió al notar que Alejandro le desabrochaba el sujetador y que le dejaba libres los pechos. Los acarició durante un instante y luego se la sentó sobre el regazo, haciendo que ella sintiera su potente erección. Sí, aquello era lo que Kitty quería.

Levantó los brazos para que él pudiera quitarle la camiseta y el sujetador con un solo movimiento. Entonces, le deslizó las palmas de las manos sobre la espalda y comenzó a besarle la piel desnuda hasta que, por fin, se introdujo un erecto pezón en la boca. Ella gritó de placer cuando el deseo le inflamó el vientre.

–Quiero saborear más, lo quiero todo –murmuró él.

Alejandro la levantó y la colocó sobre la espalda junto a él. No tardó ni un segundo en quitarle los zapatos y los pantalones junto con la ropa interior. Kitty por fin estaba desnuda. Y lista para él.

–Quiero verte.

No podía y Kitty se alegraba de ello porque allí, en la oscuridad, era libre. Alejandro tenía las manos cálidas y la boca ardiente. Comenzó a lamerle la parte interior del muslo muy lentamente. Ella separó las piernas y Alejandro no tardó en colocarse entre ellas. Le besó su feminidad, sujetándola en la postura más explícitamente carnal en la que había estado en toda su vida. Era incapaz de controlar los gemidos de placer que se le escapaban de los labios cada vez que la lengua de Alejandro la acariciaba, torturando la parte más sensible de su cuerpo con movimientos que la hacían temblar incontrolablemente. Estaba tan cerca...

–Por favor –suplicó ella–. Te deseo.

–¿Y tiene que ser ahora, cuando no tenemos nada? Ni cama, ni un preservativo. Me pones furioso.

–Podemos simplemente.... Yo quiero tocarte.

Alejandro se detuvo y le dejó que se incorporara para que pudiera desabrocharle los botones de la camisa. Ella le abrió la prenda y deslizó las manos por debajo de la tela para sentir la húmeda y cálida piel. Kitty notó el suave vello y le ayudó a quitarse la camisa. Entonces, se incorporó un poco más y acompañó el tacto de los dedos con el de la lengua. Alejandro tenía la piel tan cálida, algo salada, pero quería saborearlo todo.

Sin embargo, él deslizó la mano entre ambos. Kitty gimió cuando él comenzó a explorarla. Temblaba mientras él la acariciaba, creando en ella una tensión que era casi imposible de soportar. No era suficiente. Los dedos, la lengua no eran suficientes. Lo quería todo.

–No puedo soportarlo más... por favor

–¿Por favor qué?

–Tómame –murmuró ella con abandono–. Tómame con fuerza.

–Diablos, Catriona. No lo puedo soportar... Me aseguraré...

Cuando Kitty oyó que él se bajaba la cremallera, se deshizo por dentro.

–Sí... sí...

–No tengo enfermedad alguna, nunca he tenido relaciones sexuales sin protección en toda mi vida.

Kitty tenía tantas ganas que no le importaba.

–Hazlo –le suplicó–. Quiero sentirte.

–Solo será un momento.

–Sí...

Kitty estaba segura de que se moriría allí mismo si no lo experimentaba todo con él. De repente, Alejandro se hundió en ella, con fuerza.

–Alejandro...

El cuerpo de Kitty estaba rígido y completamente acoplado al de él. Ella gemía de placer, aferrándose a él y separando un poco más las piernas. Quería sentirlo totalmente, más aún, a pesar de que él la llenaba por completo.

–No puedo parar –susurró él–. No puedo...

–Sí... –gimió ella temblando y retorciéndose debajo de él cuando un potente orgasmo sacudió todo su cuerpo.

De repente, él se movió. Se retiró, solo para volver a hundirse en ella. La agarró con fuerza con las manos, inmovilizándola para poder penetrarla más profundamente, moviéndose cada vez más y más rápido.

–Oh, sí... –gritó ella.

Kitty se movía con él, siguiendo sus movimientos, animándolo a ir más rápido. Lo que estaban compartiendo era algo carnal, apasionado y húmedo. Alejandro era un hombre muy bien dotado que iba a provocarle un segundo orgasmo.

–Sí... sí...

No quería que él se detuviera. Nunca. Vibraban juntos, frenéticos y libres. Kitty estaba a punto de tener un segundo orgasmo cuando aún estaba experimentando el primero. Los gritos de gozo se le escapaban de los labios. Era tan bueno... Sin embargo, en el último momento, él se retiró. Kitty se arqueó con fuerza, pero fue demasiado tarde. Él ya se había separado de ella.

Kitty sintió que él se vertía sobre su vientre mientras un agónico gemido se escapaba de su garganta. Ella gimió también con una mezcla de satisfacción y frustración. Había querido completar aquel tornado de placer con él, pero Alejandro se había apartado de su lado.

–No tenía que haber ocurrido así.

Kitty permaneció inmóvil, atónita al ver lo rápido que su pasión se había convertido en algo fuera de control.

–¿Cómo? –le preguntó ella mientras se sentaba y sentía que él se iba alejando de ella.

–Tan rápido. Demasiado rápido.

Kitty no se atrevió a responder. No sabía muy bien lo que sentía y no quería que él se hiciera ideas equivocadas. Había sido la experiencia más sublime de su vida, pero sentía que, en el último momento, le habían arrebatado el placer. De repente, se sentía vulnerable. Había ocurrido. Habían disfrutado del sexo. Alejandro había conseguido lo que buscaba en ella. Ya todo había terminado.

—Maldita sea, ¿qué hora es? —musitó él—. Tenemos que salir de aquí.

Kitty no quería salir de allí. Quería acurrucarse y quedarse allí para siempre. No quería volver a mirarle a la cara. Alejandro le había hecho sentir cosas que nadie le había hecho experimentar. Nunca había disfrutado del sexo de aquella manera. Sin embargo, para él había significado tan poco...

De repente, se dio cuenta de que una pequeña luz le iluminaba el rostro. Bajo aquella luz, tenía un aspecto serio y distante. Sintió que un escalofrío le recorría el cuerpo cuando comprendió lo que él estaba haciendo. Estaba escribiendo en el reloj que llevaba en la muñeca. ¿Estaba mandando un mensaje? Por fin, él la miró y sonrió, como si estuviera muy contento consigo mismo.

—¿Acabas de utilizar tu reloj inteligente para enviar un mensaje? ¿Y se te ocurre ahora?

—Sí, porque me he acordado ahora del reloj —replicó él tranquilamente—. Hasta ahora estaba algo distraído.

—Podrías haber enviado el mensaje antes. Antes de... Podrías haber enviado ese mensaje cuando nos quedamos encerrados aquí, pero no lo hiciste.

—Catriona...

Ella no contestó. Se sentía demasiado furiosa.

Por fin, él suspiró y Kitty oyó que se reía en voz baja. Desgraciadamente, no había nada que a ella le pareciera gracioso en aquellos momentos. Buscó su ropa por el suelo y, como pudo, se puso los pantalones y la camiseta, esperando que estuvieran del derecho. No se preocupó de la ropa interior ni de los zapatos.

—¿Alejandro? —le llamó una voz.

Paolo había llegado menos de diez minutos después de recibir el mensaje.

–¡Aquí! –gritó Alejandro mientras golpeaba la puerta–. El mecanismo está a tu derecha.

Alejandro se había puesto de pie, pero Kitty seguía acurrucada en el suelo, tan lejos de él como le era posible.

Por fin se hizo la luz.

–Gracias –le dijo Alejandro a Paolo, que había abierto la puerta–. Ahora, te ruego que nos dejes.

Alejandro salió del cubículo y dejó la estrecha puerta abierta. No miró a Kitty, pero ella sí podía verlo. Seguía con los pantalones y los zapatos puestos, aunque continuaba con la camisa en la mano. Era alto y fuerte. Solo ver aquella espalda desnuda la hizo echarse a temblar. Se alegró cuando él desapareció, pero le oyó hablar en voz muy baja y su breve e irritante risa.

Luego nada.

–Se ha ido –dijo por fin–. Ya puedes salir.

Kitty se puso de pie y salió. Estaba decidida a hacer la maleta y marcharse en aquel mismo instante. No le importaban los diamantes. Se pondría en contacto con un abogado, tal y como debería haber hecho desde un principio.

Pasó junto a Alejandro y se dispuso a dirigirse a la escalera. Ni siquiera se atrevió a mirarlo.

–Catriona...

–No pienso hablar contigo –replicó ella, dándose la vuelta–. Te has aprovechado de la situación. Lo has manipulado.

–¿Cómo exactamente? No fui yo el que suplicó. Deja de comportarte como una adolescente y de crear un drama donde no lo hay. Tú me deseabas. Yo te deseaba a ti. Aún nos deseamos. ¿Qué importa en qué momento mandé yo ese estúpido mensaje? El sexo entre nosotros era inevitable y lo sabes tan bien como yo. No intentes hacerme creer ahora que te arrepientes.

Kitty contempló aquellos músculos y la deliciosa piel morena. Era un dios. Entonces, de repente, se dio cuenta de que tenía algo en la mano.

—¿Has hecho que Paolo te trajera preservativos? —gritó.

—Me pareció lo más práctico. No tenía ninguno.

Ella lo miró con desaprobación. Probablemente, aquello era algo que hacía con frecuencia. Enviaba a una de sus asistentes personales a por un café y preservativos.

—¿Es que no tienes vergüenza? —le espetó ella. Entonces, se dio la vuelta y comenzó a subir las escaleras llena de furia. Oyó que él se echaba a reír a sus espaldas.

—Parece que tú tienes suficiente por los dos —replicó él. Entonces, la agarró del brazo y la obligó a volverse—. Venga ya, Catriona... Hay cosas peores de las que avergonzarse.

Probablemente tenía razón, pero Kitty no quería reconocerlo. Quería... Desgraciadamente, ya no sabía lo que quería.

Kitty observó su hermoso rostro. Aquellos hermosos y profundos ojos negros. Los momentos de pasión que habían compartido en aquel oscuro cubículo habían sido los más eróticos de su vida. Eso era contra lo que se rebelaba. Que un hombre al que no quería desear pudiera ponerla de rodillas tan fácilmente. ¿Cómo era posible que pudiera protegerse de él cuando la abrumaba de tal manera? ¿Cómo no iba a terminar haciéndose daño?

—No quiero desearte de este modo —admitió—. Me marcho.

—¿De verdad crees que te puedes marchar ahora?

—¿Por qué no? Ya hemos tenido sexo. Se ha terminado.

–Te aseguro que no se ha terminado.

–Una vez ha sido suficiente.

Alejandro se echó a reír.

–¿De verdad? Entonces, ¿por qué sigues peleándote conmigo? ¿A qué viene tanta pasión si no importa?

–Lo que importa es cómo me manipulaste para conseguir lo que querías.

–También era lo que querías tú. Yo no soy el villano aquí. Hice lo que tú me pediste.

Efectivamente. Que Dios la ayudara. Más que pedírselo, le había suplicado. Y quería volver a suplicar.

Alejandro no iba a darle todo lo que quería y necesitaba. ¿De verdad importaba eso? Pensaba que lo había encontrado con James y no podría haber estado más equivocada. Tal vez, solo por una vez, necesitara desfogarse. Algo fácil y divertido, sin significado alguno. Algo que no importara en absoluto a la larga.

–Odio dejar que ganes.

–¿Es que no lo comprendes? Los dos hemos ganado –le aseguró él mientras se colocaba a su misma altura.

–¿De verdad quieres ganar esto? –le preguntó Kitty levantándose la camiseta para dejar al descubierto su cuerpo.

Nunca se había expuesto ante nadie de aquella manera. Nunca a plena luz del día.

Alejandro se quedó boquiabierto.

–Catriona...

Ella no tuvo oportunidad de responder ni de salir corriendo. Alejandro la tomó entre sus brazos y la besó. Ella se rindió por completo. Con un rápido movimiento, él se desabrochó los pantalones y se los quitó con furia. En aquel momento, Kitty se olvidó por completo de su aspecto. Toda la atención estaba en él, en la dorada piel y en los poderosos músculos, en el masculino vello que le cubría el torso y que terminaba perdiéndose en...

Alejandro era la perfección física y ella se vio atrapada en un torbellino de pasión desatada.

—Por favor... por favor... por favor...

No era una súplica, sino una demanda. Ella quería tocarlo. Saborearlo, sentirlo. Kitty estaba al borde de las lágrimas por la necesidad que sentía de él.

Alejandro la dejó un instante para abrir la caja de preservativos y ponerse uno. Entonces, se colocó un escalón más abajo de donde ella estaba sentada y se puso de rodillas entre las piernas de ella. A continuación, le agarró las caderas con firmeza y la sostuvo, controlando su postura para poder poseerla tan completa y dominantemente como le fuera posible.

Durante un instante las miradas de ambos se encontraron. Los ojos de Alejandro eran oscuros e intensos, llenos de deseo. Ella jadeaba, completamente hechizada por él. Nunca había visto una pasión tan total. Nunca la había sentido en sí misma. Su fuerza la hacía temblar y se sentía más excitada de lo que lo había estado en toda su vida.

—En esta ocasión, podemos tomarnos nuestro tiempo —susurró él mientras movía hábilmente las caderas y la penetraba más profundamente.

—Sí...

Sin embargo, Kitty no podía tomarse su tiempo cuando él se movía con fuerza dentro de ella, tan profundamente y tan completamente que lo único que podía ver era cómo el poderoso cuerpo de Alejandro se apretaba contra el de ella. Ya había llegado. Se arqueó tan tensa como un arco.

—Alejandro...

El orgasmo la rompió en mil pedazos mientras ella gritaba con desatado éxtasis.

—Maldita sea, Kitty... —gruñó él mientras le sujetaba las caderas con fuerza y se hundía en ella más fuerte y más profundo—. Me haces...

Se interrumpió con un grito gutural que emergió de su cuerpo. Las venas parecían a punto de estallarle y la piel le brillaba con el sudor mientras luchaba contra el placer que ya lo estaba consumiendo. Él tampoco había podido tomarse su tiempo.

–Kitty...

Ella se rio de felicidad cuando Alejandro se hundió en ella una última vez, buscando la más profunda de las satisfacciones. Kitty apretó con fuerza, sintiendo de nuevo el placer. Cabalgó las oleadas que emitía el poderoso cuerpo de Alejandro mientras explotaba en un potente orgasmo. Entonces, cuando él se desmoronó encima de su cuerpo, sintió una profunda satisfacción. Desgraciadamente, la realidad no tardó en abrirse camino. Cerró los ojos para tratar de erigir algún tipo de barrera emocional, pero se sentía tan atónita por la voraz química que los consumía a ambos que no pudo conseguirlo. Acababan de comportarse como animales, realizando el acto sexual en la escalera en menos de veinte segundos.

Lentamente, Alejandro se separó de ella y se puso de rodillas. La miró donde Kitty estaba, aún tumbada en las escaleras, desnuda e incapaz de moverse. Le brillaron los ojos cuando pareció leerle a ella el pensamiento.

–¿Acaso crees que hemos terminado? No –dijo mientras apostillaba sus palabras con un movimiento de cabeza–. Queda mucho para eso.

Capítulo 9

ALEJANDRO se tumbó de espaldas, agradeciendo la suavidad del colchón, mientras se colocaba a Kitty sobre el hombro para que pudiera descansar. La cama era mucho mejor que el suelo, pero demasiado estrecha para resultar totalmente cómoda. Respiró satisfecho. Por fin había conseguido poseerla de la manera que quería, tomándose su tiempo y dándole placer una y otra vez antes de dejarse ir.

Tenía que compensarla porque nunca en toda su vida había perdido el control tan rápidamente como le había ocurrido en el pequeño cubículo, cuando la penetró por primera vez. Su cuerpo lo había vuelto loco y le había impedido contener el orgasmo, seguramente también por la falta de preservativo, algo que no había hecho en toda su vida. Era la primera vez que había corrido tal riesgo y no podía volver a pasar.

La segunda vez tampoco había sido mejor. Su placer había llegado demasiado pronto. Incluso con preservativo, tampoco había logrado contenerse. Ver por fin el cuerpo de Kitty, observar cómo ella respondía y los sentimientos que se reflejaban en sus ojos... Era exquisita. Sus senos eran altos, erguidos, de pezones oscuros. Su cintura estrecha y en el centro de su cuerpo un triángulo de vello de ardiente color. Todo ello le excitaba tanto como la sedosa piel, cubierta por completo de doradas pecas. Había trazado dibujos con la lengua sobre ellas, desesperado por saborear todas y cada una... Se sentía completamente fascinado.

A ella no le había gustado estar desnuda bajo la luz para que él la viera. No había querido admitir lo mucho que volvía a desearlo, pero había sido incapaz de ocultarlo. La pasión se había apoderado de ella tan voraz y victoriosa como la de él.

Después, Alejandro la llevó a la ducha y la poseyó de nuevo allí en la cama. En aquellos momentos, a pesar del dolor residual que le atenazaba los músculos, el deseo estaba volviendo a despertarse.

Kitty también se estaba despertando, pero se estaba alejando de él al mismo tiempo. Se volvió para mirarla y comprobó que ella estaba mirando al techo con triste determinación.

—Ya te puedes marchar —dijo ella—. Estamos algo apretados aquí.

—No es tan pequeña —protestó él. No se podía creer que ella le estuviera echando de su cama.

—Tengo calor.

—En ese caso, quitaremos la colcha —replicó mientras tiraba la ropa al suelo—. De todos modos, estás desnuda.

Solo con verla, Alejandro se sintió preparado de nuevo.

—No pienso ir a ninguna parte —murmuró él—, a no ser que sea encima de ti.

Kitty se sintió obligada a mirarlo. Tenía los ojos abiertos de par en par y en ellos se reflejaban docenas de sentimientos. Alejandro la besó antes de que ella pudiera protestar y fue bajando poco a poco...

Alejandro se despertó a la mañana siguiente muy temprano. Parpadeó por la luz que entraba a raudales por las ventanas y vio el cielo azul. Le dolía todo el cuerpo porque, al final, había pasado la noche en aquella cama tan estrecha.

Kitty estaba acurrucada contra su cuerpo. Su cabello se extendía como una masa de llamas por el torso de Alejandro. Con mucho cuidado, él tomó un mechón para observarlo a la luz. Sintió que se le hacía un nudo en el pecho y, de repente, respirar le resultó mucho más trabajoso.

Quería despertarla, pero también quería descansar. Se había despertado varias veces a lo largo de la noche dado que no estaba acostumbrado a dormir con nadie. Ella se había despertado también y le había compensado una y otra vez con su voraz apetito.

Sin embargo, aquella mañana, cuando se despertó, su estado de ánimo parecía ser diferente. Sus ojos verdes lo miraban con acusación.

—Sigues aquí.

—Sí. Sigo aquí

Vio que ella lo observaba con cautela y que trataba de apartarse de él, pero Alejandro se lo impidió.

—¿Es así como saludas a tu prometido por las mañanas? Tal vez debería tratar de ponerte de mejor humor.

Para su placer, Kitty separó las piernas y se lo permitió. Alejandro adoraba hacerle aquello a Kitty. Tocarla. Excitarla hasta que ella le suplicara. Alejandro creía que nunca se cansaría de escuchar cómo iba creciendo su excitación. Sonrió mientras besaba su húmeda y dulce feminidad. No la poseyó de nuevo. Se limitó a lamerla para que alcanzara el orgasmo porque se imaginaba que estaría algo dolorida.

Su grito de placer emergió por fin mientras se le agarraba con fuerza a los hombros, temblando y gozando con otro orgasmo. Alejandro gruñó para contener su deseo. Aquella vez se contendría. La besó suavemente y vio cómo el sueño volvía a adueñarse de ella.

Esperó hasta que ella cerró los ojos y se levantó. En la puerta, se dio la vuelta, incapaz de marcharse sin mirarla por última vez. Era una mujer bella, generosa y entusiasta, un hermoso desafío. No podía esperar.

Kitty se despertó a media mañana. No había dormido tan bien desde hacía meses. Se estiró lánguidamente en la cama. Le dolía en partes demasiado íntimas. Tanto... Sin embargo, lo peor era que le dolía en el corazón.

Nunca lamentaría lo que había ocurrido el día anterior. Alejandro había ganado. Decidió que terminaría su trabajo lo antes posible y se marcharía de allí antes de verse demasiado involucrada en una relación que iba a terminar dolorosamente para ella. Resultaba demasiado fácil quedarse prendada de Alejandro.

Se tomó su tiempo en la ducha, esperando que el agua caliente aliviara sus músculos y calmara su piel. Sin embargo, solo con pensar en él, se había vuelto a excitar. ¿Quién hubiera pensado que el sexo pudiera ser tan adictivo, tan divertido y tan intenso?

Recuperó el control a duras penas vistiéndose rápidamente. Se dirigió abajo para seguir con su trabajo. Cuando estaba ya mirando una de las cajas, alguien llamó a la puerta principal.

—Siento interrumpirla, señorita Parkes-Wilson, pero hay una entrega para la última planta —le dijo Paolo, sin mirarla a los ojos mientras se explicaba.

Kitty también se sentía muy avergonzada. El chófer les había llevado preservativos la noche anterior. Por eso, miró más allá, hacia donde una elegante mujer y un par de mozos esperaban junto a una furgoneta aparcada en doble fila.

—¿Una entrega? —preguntó ella. Entonces, se hizo a un lado para que pudieran pasar—. Por supuesto.

En ese momento, vio de lo que se trataba: una enorme cama.

–¿Para la última planta? –quiso saber. ¿Aquella cama iba a su dormitorio?

–Sí, al dormitorio de la última planta –dijo la mujer–. El señor Martínez pidió que le vista la cama y que me asegurara de que quedaba perfecta.

Kitty no respondió y se hizo a un lado. Era la casa de Alejandro y ella ya no tenía autoridad alguna para responder. Se fue a la cocina y esperó allí. ¿Una nueva cama para su dormitorio? Alejandro tenía una cara muy dura.

Casi una hora más tarde, oyó que Paolo la llamaba.

–¿Ya está? –le preguntó mientras salía al pasillo.

–Sí. ¿No desea usted inspeccionarla?

–Estoy segura de que es preciosa –dijo mientras acompañaba a los empleados a la puerta principal–. Muchas gracias.

Cerró la puerta antes de que se dieran cuenta de que se había sonrojado. Entonces, con una combinación de enojo y curiosidad, subió a su dormitorio. Al ver la cama, se detuvo en seco.

Alejandro había cambiado su pequeña cama por una monstruosidad más propia de un burdel, con sus cuatro postes, perfecta para atar cuerdas. Estaba exagerando. En realidad, la cama era preciosa. La ropa que la vestía era blanca, lo que le daba al conjunto la apariencia de una esponjosa nube. Lo que más le molestaba era que la cama era preciosa y que encajaba a la perfección con el dormitorio. Solo con verla ya se sentía algo excitada.

Se dio la vuelta y se marchó, decidida a terminar con su trabajo lo más rápido posible. Cuanto antes se alejara de Alejandro Martínez, mejor sería para su salud emocional.

–Cariño, he vuelto.

–¿Por qué has tardado tanto? –le desafió ella, sabiendo demasiado bien que él llegaba a casa más temprano que de costumbre. Una vez más.

Alejandro se dirigió hacia ella con mirada penetrante y una sonrisa arrogante en los labios.

—Supongo que la cama ha llegado. Vamos a utilizarla —dijo. Le agarró la mano y la condujo a las escaleras. Llevaba una bolsa de plástico en la otra mano—. Entré en la tienda y elegí lo que quería.

¿Era esa la nueva rutina? ¿Ya no salían a cenar ni cenaban en casa? Era ir directamente a la cama para disfrutar del sexo en el instante en el que él entrara por la puerta. Kitty ignoró su propio deseo. No podía ponérselo tan fácil.

—Es demasiado grande.

Alejandro la miró de soslayo.

—Bueno, me pareció que necesitábamos un poco más de espacio para poder ser más creativos.

Ya en el dormitorio, Alejandro dejó una caja de preservativos sobre la mesilla. Ella la miró y trató de ignorar las sensaciones que estaba experimentando en su traicionero cuerpo.

—Supongo que lo mejor es que tendré espacio para dormir sin tener que tocarte —musitó ella.

—Sí, porque anoche no te gustó tener que usarme como almohada —comentó él mientras comenzaba a desabrocharse la camisa—. ¿Por qué no te acercas y tratas de decirme otra vez que no me deseas?

—¿Qué tienes en la bolsa? ¿Juguetes sexuales?

—La cena. Compraré los juguetes mañana, ahora que sé que los quieres.

—Vaya, voy a poder cenar —replicó ella—. Pero es comida para llevar. En platos desechables. Ya no hay restaurantes de cinco tenedores.

—Sé qué es lo que deseas más que eso.

Kitty sintió que le ardía la piel mientras observaba

cómo Alejandro se desnudaba. Se le tensaban los músculos. Su cuerpo era duro y magnético.

Los dos podían jugar a ese juego.

–Y yo sé lo que quieres tú –dijo ella mientras se
quitaba la camiseta. No llevaba puesto el sujetador.
Tenía los pezones demasiado sensibles.

Alejandro se quitó los zapatos con los pies, se des-
pojó de los calcetines y, finalmente, de los pantalones y
los calzoncillos casi con un único movimiento. Kitty
sintió que se le secaba la boca y empezó a quitarse sus
pantalones y braguitas. Ya completamente desnuda,
temblando, lo miró fijamente desde el otro lado de la
habitación en un apasionado duelo sin palabras.

–Ven aquí –susurró él.

Kitty estaba librando una batalla interna. Su orgullo,
la necesidad que sentía de negarle algo a quien siempre
lo tenía todo, contra el deseo que sentía hacia él. Sin
embargo, el deseo era demasiado fuerte. Dio un paso
hacia él y sintió cómo Alejandro le agarraba la cintura.
Arqueó el cuello para facilitarle el acceso, aunque sin
dejar de desafiarle con la mirada.

–¿Insistes en la rendición total por parte de todas tus
mujeres tal y como me la exiges a mí?

–No –susurró él–. Hay algo en ti que me hace com-
portarme así.

Efectivamente, Alejandro no se saciaba de ella. Go-
zaba estando a su lado, participando en aquellas peleas
dialécticas, anticipando sus argumentos y anhelando el
momento en el que ella se rendía por fin y le daba la
bienvenida a su cálido y húmedo cuerpo.

–¿Quieres que me someta?

Así lo hizo. Dio un paso atrás y se dejó caer sobre la
enorme cama. Entonces, separó brazos y piernas, colo-
cándose como una ofrenda para él y desafiándole con la
mirada.

–¿Es esto lo que quieres? –le preguntó provocadoramente.

Alejandro no se pudo poner el preservativo con la velocidad que hubiera deseado.

–Esta es tu fantasía y lo sabes –susurró–. Te gusta cuando te inmovilizo y te beso por todas partes.

Alejandro supo que sería así desde el primer momento en el que la vio. Comprendió que su atracción física sería incombustible. La acarició hasta que la oyó gemir de placer. Lenta, muy lentamente, hasta que, caliente y húmeda, ella suplicó que le diera lo que necesitaba. Nunca le había resultado tan placentero darle placer a una mujer.

–Sí –gritó ella–. ¡Sí!

Alejandro se sintió aún más enardecido por aquella afirmación. Entonces, vio cómo ella separaba más las piernas para que él pudiera ocupar justo el lugar donde ella lo deseaba. Con un intenso gruñido, Alejandro se hundió profundamente en ella, gruñendo ante el exquisito tormento que le suponía aquel sedoso cuerpo. Se contuvo un instante, solo para demostrarse a sí mismo que era capaz de hacerlo.

–Por favor... por favor... –suplicó ella.

Alejandro ya no pudo contenerse ni negarle a ella ni a sí mismo lo que los dos tanto deseaban. Se rindió también, hundiéndose en ella. Kitty lo recibió en cada uno de sus envites.

–Alejandro...

Él estaba tumbado, completamente agotado. Sin embargo, a pesar del cansancio, no podía dormirse junto a ella. Kitty era la amante más compatible sexualmente que había tenido nunca. En realidad, no había tenido tantas como todo el mundo parecía pensar. El sexo era para él simplemente una técnica de relajación para combatir horas de trabajo y estrés.

Sin embargo, aquello era diferente. No era normal que el deseo volviera a surgir instantes después del orgasmo. Se sentía inhumanamente fuerte y el voraz deseo que sentía lo animaba a más. Aquello no podía durar. Normalmente, le bastaban unos días con una mujer, pero deseaba a Kitty más de lo que había deseado nunca a nadie. Quería mucho más.

Se sentía obsesionado. Casi adicto a ella. No solo era el sexo, sino el modo en el que ella se enfrentaba a él, el modo en el que le hacía reír, en el que le hacía sentirse vivo. Nunca antes le había ocurrido no poder concentrarse en el trabajo solo por pensar en una mujer. No quería ser así ni perder el control. Ya había visto lo que ocurría cuando alguien se obsesionaba y se volvía demasiado posesivo. Alguien que se parecía mucho a él. No podía permitir que eso le ocurriera con nadie, pero mucho menos con la dulce y vulnerable Kitty.

Tenía que protegerla. El trabajo tendría que volver a ser lo más importante. Respiró profundamente y, por fin, pudo relajarse y empezar a quedarse dormido. Comprendió que el trabajo era la respuesta.

Capítulo 10

ME MARCHO a Nueva York una semana. ¿Estarás bien aquí sola?

Kitty levantó la mirada de su listado y esperó haber podido ocultar su desilusión.

–Por supuesto. Así disfrutaré de unas agradables vacaciones lejos de ti –mintió.

–¿Lejos de mí y de mis lascivas exigencias? –le preguntó él mientras la tomaba entre sus brazos y la besaba hasta que ella respondía a sus caricias–. ¿No me vas a echar nada de menos?

–Voy a poder recuperar horas de sueño –replicó ella mientras se zafaba de él.

No estaba bien que Alejandro la animara a admitir algo así cuando él nunca lo admitiría. Muy pronto sería ojos que no ven... Frunció el ceño.

–Te llamaré y...

–No –le interrumpió Kitty.

–¿No quieres que te llame?

–No si me vas a llamar como lo hiciste con Saskia aquella noche. En ese caso, preferiría que no me llamaras. Preferiría no saberlo.

–¿Qué es lo que estás insinuando?

–Solo quiero decir que, cuando esto se termine, quiero que me lo digas cara a cara, no mediante una llamada de teléfono. ¿Crees que podrás contenerte durante una semana? No creo que sea mucho pedirte.

–Catriona, voy a estar trabajando sin parar...

–Tendrás que parar alguna vez... Para comer al menos.

–Comeré en mi despacho.

Ella se echó a reír con cierta amargura.

–¿No piensas salir a esos elegantes restaurantes?

Los restaurantes en los que hermosas mujeres trataban de captar su atención, aunque solo fuera para que él se las llevara a su casa y pudieran disfrutar juntos de un par de horas de relajación.

–Voy a tener mucho trabajo que hacer. Este viaje significa solo trabajo duro para mí. Ya jugaré contigo cuando regrese.

Eso era precisamente lo que ella significaba para él. Un juego. Un juego del que no tardaría en cansarse. Le vendría bien tenerlo en mente.

Kitty asintió y sonrió.

–Está bien.

Quería creerlo, pero su experiencia pasada le decía que sería una tonta si así lo hiciera. Su padre, James. Alejandro no era la clase de hombre que mantenía una relación.

–Nos veremos pronto.

–¿Te marchas ahora mismo?

–Sí. He pasado a verte de camino al aeropuerto.

–Está bien... Que tengas buen viaje.

Alejandro le dedicó una mirada sombría y se marchó. Kitty decidió que era mejor que se acostumbrara. Aquello volvería a ocurrir cuando se separaran para siempre.

Decidió tragarse un horrible sentimiento de desolación y trató de centrarse en su trabajo. No iba a torturarse imaginándoselo con un millón de mujeres. No. Iba a terminar su trabajo para poder marcharse rápidamente cuando él regresara y así evitarse más sufrimientos. Hasta entonces, trataría de no pensar en él. Y para ello necesitaba una distracción.

−¿Qué demonios os pasa a vosotros dos? −le preguntó Teddy mientras le servía un café en la sala de descanso del teatro−. ¿Te has enamorado de él?

−Es imposible no hacerlo. Desgraciadamente. Sin embargo, está fuera y necesito algo que hacer.

Su hermano la observó durante un instante y luego le ofreció la taza.

−Necesitamos ayuda −dijo−. Siempre necesitamos ayuda y nadie nos puede proporcionar decorados baratos como lo haces tú. No podemos pagar, que conste.

Kitty se echó a reír, agradecida del apoyo de su hermano.

−Genial.

Disfrutaba en el mundo del teatro. Crear decorados era muy divertido, aunque Kitty no lo había hecho desde hacía mucho tiempo.

Tal y como ella le había pedido, Alejandro no había llamado por teléfono. Sin embargo, aquella noche le envió una fotografía. Era del plato de sopa vacío que tenía sobre el escritorio. Su cena. Ella le envió un *selfie* sacándole la lengua.

La siguiente noche fue una caja de pizza. Dos noches después, una caja vacía de fideos chinos.

A mitad de la semana que se había autoimpuesto para pensar, Alejandro se preguntó por millonésima vez qué estaría haciendo Kitty. O a quién estaría viendo. La intranquilidad se apoderó de él. ¿Y si había terminado su trabajo y se había marchado?

Ella le había pedido que no la llamara. Alejandro se

sentía avergonzado por la llamada que le había hecho a Saskia delante de ella. Ese hecho le provocaba una intranquilidad sobre Kitty y le hacía contar los días que faltaban para su regreso, pero el tiempo pasaba muy lentamente. Las noches eran aún peor. Dormía muy mal porque la echaba de menos y no podía dejar de pensar en ella.

A la cuarta noche, ya no pudo aguantarlo más. Sucumbió a la tentación y llamó al móvil de Kitty. Ella no contestó. Probó con el teléfono fijo de Parkes House, pero tampoco tuvo suerte.

Comenzó a pasear de arriba abajo de su apartamento de Manhattan. Tenía que saber dónde estaba. Un millón de preguntas lo asaltaban y le impedían pensar con claridad. Lentamente, una fría intranquilidad comenzó a apoderarse de él. Aquella obsesión por Kitty era una herida infectada. ¿Quién era él para exigir saber lo que ella estaba haciendo? ¿Desde cuándo pensaba tanto en una mujer? No quería ser así. No quería ser esa clase de hombre, posesivo y obsesivo.

Su teléfono comenzó a sonar, pero no era Kitty. Era uno de los asesores de las oficinas de Londres.

–Tengo una pregunta para usted...

–Voy a volver antes de lo previsto.

–No es necesario...

–Me marcho en el primer vuelo.

Aterrizó a medianoche.

–¿Está Kitty en casa? le preguntó a Paolo en el momento en el que lo vio esperándolo en el aeropuerto.

Paolo contestó con evasivas.

–Dijo que prefería usar el transporte público. No sé decirle, señor.

Alejandro guardó silencio. Debería haberle dejado claro que necesitaba saber que ella estaba bien en todo momento.

Cuando Paolo lo dejó en su casa, abrió la puerta. Inmediatamente, supo que ella no estaba en la casa. La recorrió de arriba abajo y estuvo caminando de un lado a otro, preguntándose dónde estaba o por qué no contestaba al teléfono hasta que, dos interminables horas más tarde, oyó la llave en la puerta.

Iba vestida con su ropa de siempre y llevaba el cabello recogido bajo un gorro de lana negro. ¿No había salido a cenar? Parecía feliz porque sonreía y eso que aún no lo había visto.

—Hola.

—Alejandro —dijo ella. Por un momento se quedó atónita, pero después esbozó una maravillosa sonrisa—. Has vuelto antes de tiempo.

Esa reacción lo tranquilizó, aunque no por completo.

Kitty dejó un enorme bolso sobre el suelo y se quitó la bufanda con la que se cubría el cuello.

—¿Me has echado mucho de menos? —le preguntó con descaro.

—He terminado mi trabajo antes de lo que esperaba. ¿Dónde estabas?

—En la obra de Teddy. Esta noche era la primera representación.

—No respondiste al móvil cuanto te llamé —dijo Alejandro. No podía acercarse aún a ella.

—Porque lo tenía apagado. Es lo más normal cuando estás en una representación teatral. Antes de que me lo preguntes, me he pasado estos días ayudando con los decorados.

—No te lo iba a preguntar.

—¿No? —inquirió ella riéndose. Fue ella la que se acercó a él—. ¿No estás un poco celoso?

—Yo no me pongo celoso.

—¿No? En ese caso, tal vez te haya sentado mal algo que hayas comido.

–No estoy celoso –insistió él. Odiaba aquella sensación. Quería que desapareciera, quería que Kitty se acercara a él–. Me has echado de menos –añadió. No era una pregunta.

–He echado de menos el sexo.

–¿Y a mí no?

–¿Con lo gruñón que eres? Ni hablar.

Alejandro le rodeó la cintura con un brazo y la estrechó contra su cuerpo. Sí. Allí era justamente donde la necesitaba, apretada contra él.

–Siempre tratas de negar esta atracción. La niegas incluso cuando estás disfrutando conmigo en la cama.

–Hay momentos en los que no me gustas –replicó ella–, pero, como me tengo que aguantar con esta situación, es mejor que aproveche lo poco que tú me puedas ofrecer.

–¿A qué te refieres con eso de «poco»?

–A los orgasmos.

–¿Eso es todo?

Ella prefirió no decir nada más para provocarle. Alejandro la zarandeó muy suavemente.

–Deja de intentar enojarme. No te gustará que yo haga lo mismo.

–Eres tú el que me enoja a mí. No haces más que hablar –susurró ella mientras se soltaba el cabello.

La ira que Alejandro había sentido se transformó de repente en otra cosa. En el deseo de controlar, de demostrar que tenía razón. Bajó la cabeza. La respuesta de Kitty al beso fue instantánea e hizo que la pasión aflorara dentro de él. La tomó en brazos y la llevó escaleras arriba sin dejar de besarla. La pasión, la ira y el alivio se combinaron y le dieron una nueva fuerza. La desnudó rápidamente, pero no se quitó toda su ropa. Necesitaba mantener algo de control para lo que tenía intención de hacer.

Se obligó a tomarse su tiempo, a acariciarla suavemente, primero con los dedos, luego con los labios, por
último con la lengua. No podía parar de tocarla, an-
sioso por volver a sentir la piel de Kitty contra la suya.
Quería besarla, tocarla por todas partes. Poseerla en
aquel mismo instante.

Demasiado rápido de nuevo. Se refrenó. Kitty se
arqueó buscándolo.

—Todavía no, Kitty. No quiero dártelo todavía.

Le inmovilizó los brazos por encima de la cabeza
con una mano y, con la otra, comenzó a deslizarle los
dedos por la piel, sintiendo su suavidad y siguiendo el
camino que le trazaban las hermosas pecas. Era tan
bella... No tardaría en hacerle alcanzar el orgasmo, pero
no se lo iba a dar. Lo que significaba que él tampoco
iba a dejarse ir.

Jaque mate.

Kitty lo miró a los ojos y se arqueó de nuevo contra
él. Alejandro se mostraba totalmente controlado, a pesar de lo mucho que ella lo provocara. De repente, se
sintió furiosa, consigo misma por haberle echado tanto
de menos y con él, por torturarla y no decirle la verdad,
por no reconocer nunca que lo que había entre ellos era
mucho más.

—¿De verdad crees que estoy pensando en ti?

Alejandro la miró con furia. Se apartó de ella rápidamente y Kitty vio cómo se quitaba los calzoncillos y
se ponía rápidamente un preservativo. Su falta de delicadeza demostró lo mucho que ella lo había enojado.
Kitty cerró los ojos y esperó. Lo deseaba así. Quería
que él se desatara. Sintió que Alejandro le agarraba las
caderas y tiraba de ella hasta que la parte inferior de las
piernas le colgaba de la cama. Sintió que él se le colocaba entre las piernas.

—Abre los ojos, Catriona. Abre los ojos y mírame.

La besó justo en el centro de su ser y ella estuvo a punto de alcanzar en ese mismo momento el orgasmo. Gritó de frustración cuando él volvió a dejarla antes de que pudiera sentirlo.

—Abre los ojos...

Kitty obedeció en aquella ocasión El corazón le rugía de la excitación. Alejandro estaba de pie, con los músculos tensos y el cuerpo cubierto de sudor. Ella se deslizó la lengua por los secos labios.

—Di mi nombre —susurró mientras le separaba un poco más las piernas. Luego se tumbó sobre ella y le colocó las manos a ambos lados de la cabeza.

—Alejandro... —musitó ella, deshaciéndose en una tormenta de excitación y de necesidad.

—Más alto. No dejes de decirlo o pararé. No dejes de mirarme.

—Eres un maníaco narcisista.

—Solo quiero sinceridad. Sé sincera.

Entonces, se hundió en ella con un único movimiento.

—En ese caso, yo espero lo mismo de ti —gritó ella a pesar de la exquisita sensación que la empujaba más allá de sus límites emocionales—. Sé sincero conmigo. Estabas celoso.

—Echaba esto de menos —susurró mientras comenzaba a moverse con fuerza dentro de ella una y otra vez—. Te echaba de menos —se corrigió—. Te echaba de menos. Dios, te echaba tanto de menos...

—¡Sí! —gritó ella mientras le clavaba las uñas en los rígidos músculos.

Kitty también lo había echado de menos. Tanto... Se aferró a él, sujetándolo con fuerza para sentirlo justo ahí, con ella. Con fuerza. No solo físicamente. Lo miró a los ojos y se dejó llevar por una corriente de sentimientos que salían de él. Unos sentimientos que reflejaban los suyos propios.

El orgasmo llegó demasiado rápidamente, demasiado intensamente. Todo se hizo pedazos a su alrededor. Realmente, fue la experiencia más bonita de la vida de Kitty.

Creyó sinceramente que jamás volvería a moverse. Alejandro se desmoronó sobre ella con la respiración entrecortada. Kitty le acarició suavemente la espalda y notó que le ardía la piel por el esfuerzo que había desatado sobre ella. Parpadeó para contener las lágrimas que le llenaban los ojos y tragó saliva para poder encontrar la voz.

—No sé por qué me enfadas tanto que digo lo primero que se me ocurre para enojarte —murmuró—. Siento haber sido tan bruja.

—Yo no me comporté mejor que tú —admitió él—. Lo siento. Estaba... celoso.

La paz se hizo entre ellos. Kitty sonrió y cerró los ojos por el sueño. Sin embargo, Alejandro no le devolvió la sonrisa.

Él se despertó sobresaltado unas horas más tarde. Kitty seguía dormida, acurrucada contra su cuerpo, pero él no quiso despertarla en aquella ocasión. El corazón le latía a toda velocidad y tenía la piel cubierta de sudor. Las náuseas le atenazaban el estómago.

Tragó saliva e intentó olvidarse de la pesadilla. Respiró lentamente para tratar de tranquilizarse, pero no pudo evitar examinar los sentimientos que ella había identificado tan fácilmente. Sentimientos que nunca había experimentado antes.

Se había apartado siempre del amor. Solo sexo. Solo placer. Nada más profundo. Sin embargo, en aquellos momentos, el miedo se había apoderado de él. Los recuerdos le abrasaban, le asfixiaban.

«Lo amas más que a mí». «No te vas a marchar. No te vas a marchar nunca».

No había tenido aquellas pesadillas desde hacía años. No había pensado en el pasado desde hacía mucho tiempo. Estaba bien, feliz, sano. Viviendo una vida estupenda, llena de éxito. Sin embargo, todo aquello había cambiado en las últimas semanas. Ya no le parecía tan estupenda ni con tanto éxito.

En los días que él había pasado en Nueva York, Kitty se había estado divirtiendo. No lo había echado de menos en absoluto. Bien. Estaba bien que pasara tiempo con su hermano. ¿Cómo podía estar él celoso de su hermano? Teddy no representaba ninguna amenaza, pero ahí estaba él, celoso, peleándose con ella, deseando... ¿qué?

Sus sentimientos estaban fuera de control. Él estaba fuera de control. Su peor pesadilla se había hecho realidad.

Capítulo 11

CUANDO Alejandro volvió a despertarse, comprobó que Kitty ya se había levantado de la cama. Miró el reloj. No era que él se hubiera dormido, sino que ella se había levantado demasiado temprano.

¿Por qué?

Se levantó tratando de sobreponerse a la decepción de que ella no estuviera a su lado. Se obligó a ducharse y a vestirse antes de bajar a buscarla. No estaba en los dormitorios de la segunda planta, pero él se dio cuenta de lo mucho que había avanzado en su trabajo. Ya casi había terminado. Bien. Eso tenía que estar bien.

La encontró por fin en la cocina, con la plancha en la mano. Estaba trabajando sobre un extraño objeto.

—¿Qué estás haciendo?

—Espero no haberte despertado —dijo ella mientras miraba la masa de plástico, metal y alambre que tenía entre las manos—. Sé que debería terminar esas últimas cajas, pero le prometí a Teddy que terminaría esto a tiempo para el ensayo que tienen luego.

—¿Qué es?

—El prototipo de un escudo de rayos gamma para un ejército intergaláctico —comentó ella con una sonrisa—. La siguiente representación que van a hacer es una ópera de vaqueros espaciales.

—Claro —dijo él—. ¿Y lo has hecho tú?

—Sí.

Alejandro se tomó un momento para examinarlo. Era una obra de arte en miniatura.

–Es increíble. ¿Puedo tomarlo? –le preguntó. Kitty asintió–. Tiene tantos detalles. Es exactamente lo que debería ser un escudo.

Kitty se sonrojó por el cumplido, lo que le agradó y le enojó al mismo tiempo. ¿Por qué no la había alabado su familia con más frecuencia?

–¿No es demasiado pesado?

–No. Está bien.

–Espero que, si les gusta, me ofrezcan más trabajo. Pagado incluso. Podré hacerlo cuando haya terminado aquí.

¿Cuando le dejara a él? Alejandro la miró fijamente. Odiaba lo que estaba experimentando.

–Deberías venir a ver la obra de Teddy. Es muy bueno.

–Eres muy leal con tu hermano.

–Por supuesto. Es mi mellizo. Tengo que ser su fan número uno. ¿No tienes hermanos o hermanas?

–No. Mi madre está muerta –dijo él sin poder contenerse–. Mi padre la mató en un ataque de celos porque ella se había atrevido a intentar abandonarlo. La policía lo mató de un disparo.

La cocina daba vueltas a su alrededor. Tuvo que poner una mano en la pared. Hacía mucho tiempo que no lo decía en voz alta, tanto que se había olvidado del impacto que siempre ejercía en él.

–¿Cómo has dicho? Alejandro...

–Todo el mundo lo sabe. No hay motivo para ocultarlo. Ocurrió. Yo era un niño. Lo he aceptado y he seguido con mi vida. Me enviaron a vivir a los Estados Unidos. Tuve mucha suerte.

Había tenido mucha suerte. Después de los dos primeros disparos, su padre había empezado a apuntarlo a él. La policía le había evitado una muerte segura. Su madre yacía muerta en el suelo porque se había interpuesto entre ellos cuando vio lo que él tenía en la mano. Nada podría ayudarle a borrar esa imagen, Nada podría amortiguar el impacto. Nada podría cambiarlo. Y él nunca podría ser el hombre que su padre había sido.

—¿Dónde estabas tú?

—Por eso le dispararon. Me estaba apuntando a mí.

Alejandro miró a Kitty y vio que dos lágrimas le caían por las mejillas en aquel momento. Aquella sencilla reacción lo emocionó más de lo que podrían haberlo hecho las palabras.

—Estoy bien. Mejor que bien. Me dieron en acogida. Yo me centré en el colegio. Fue mi manera de escapar de allí. Conseguí buenas becas y estudié mucho.

Kitty lo comprendió todo de repente, a pesar de que le hubiera gustado hacerle muchas más preguntas. No era de extrañar que Alejandro viviera su vida de aquel modo, desde la superficialidad. No quería nada complicado. Nada que despertara sus sentimientos. No quería volver a sufrir.

—Por eso no quieres casarte ni tener hijos.

—¿Por qué iba a querer? No intentes cambiarme.

—No creo que pudiera hacerlo.

—Tampoco me tengas pena.

—No trates de dictarme a mí lo que deba sentir.

—Solo debes sentir placer. Solo quiero divertirme.

Kitty lo miró fijamente durante un instante. Entonces, asintió lentamente.

—En ese caso, vamos a divertirnos.

Alejandro se despertó sobresaltado. Se quedó inmóvil para no despertarla y trató de bloquear la imagen que le amenazaba desde el pensamiento. Se centró en el trabajo. Tenía que volver a Nueva York al día siguiente, pero estaba temiéndolo. Ya sabía que el tiempo y la distancia alejado de Kitty no iban a ayudarlo a recuperar la perspectiva. Había pensado que, si disfrutaba de ella unos días más, se saciaría, pero quería mucho más. Tal vez contarle su pasado había sido un error. Había roto una barrera dentro de él y ella parecía haberse acercado mucho más a él que antes.

Estaba preocupado. No quería volver a experimentar la sensación de pérdida que había sentido la última vez que se separó de ella. Ni los celos. Decidió que, si Kitty estaba a su lado, no lo sentiría.

La despertó muy suavemente.

—Vente conmigo a Nueva York.

Kitty lo miró atónita, sin saber qué pensar.

—No quiero pasar otra noche sin ti —dijo con sinceridad. Entonces, sonrió—. Ven a ponerte tus ridículos vestidos allí. Te desafío.

Alejandro se obligó a trabajar en el avión para demostrarse que podía hacerlo. Cuando por fin llegaron, el trayecto en coche hasta su apartamento pareció durar una eternidad. No se dio cuenta de lo pálida que ella estaba hasta que no encendió las luces de su apartamento.

—¿Te encuentras bien?

—Solo estoy muy cansada. Muy, muy cansada. Creo que el vuelo me ha afectado más de lo que pensaba.

—En ese caso, directamente a la cama. Vamos.

—Antes, quiero explorar un poco tu casa. Vaya...

—¿Te gusta?

—Es muy elegante. Muy diferente a Parkes House.

—Menos llena de cosas, querrás decir.

—Sí —convino ella mientras se dirigía a una estantería. Fue directa a la foto.

—Es mi madre —explicó él, aunque era evidente.

—Se parece a ti. A excepción de los ojos.

—Tengo los ojos de mi padre —admitió él con amargura.

Por supuesto, no había foto del padre. De hecho, no había ninguna foto más. Solo libros.

—Creo que tienes razón —dijo ella—. Tengo que dormir un poco.

Alejandro la miró. Estaba muy pálida. De repente, no quiso llevarla a la habitación de invitados, que era adonde solía llevar a las mujeres que visitaban su apartamento. No quería que los recuerdos de todas ellas los acompañaran.

—Ven conmigo —le dijo mientras la conducía por una escalera de caracol hasta su lugar secreto. Abrió la puerta—. Aquí es donde duermo yo.

Kitty miró la pequeña habitación y lo comprendió todo.

—Cuando estás solo.

—Sí. Dormirás mejor aquí. Es más oscura... las cortinas son...

Excusas. Sencillamente, no quería que Kitty estuviera en la otra habitación.

—Está bien. Siento estar tan cansada.

—No te preocupes. Duerme.

Se tumbó junto a ella y la estrechó contra su cuerpo. Lentamente, se relajó y notó que ella se dormía entre sus brazos. Una agradable calidez fue invadiéndolo y borró la ansiedad que sentía hasta que él también se quedó dormido.

—¿Alejandro?

Él abrió los ojos. El corazón le latía con fuerza. Kitty estaba mirándolo muy preocupada. Vio que la luz de la mesilla estaba encendida.

–¿Te encuentras bien? ¿Qué es lo que pasa? –le preguntó. Eran poco más de las dos de la mañana.

¿Habría estado él teniendo de nuevo pesadillas? ¿Sería eso lo que ocurría?

–Yo... no sé tú, pero... yo estoy muerta de hambre. Tengo que preparar algo.

–No pienso comer fideos.

–¿Y quién te ha dicho que te iba a preparar algo a ti? ¡Qué arrogante eres!

Alejandro sonrió al ver que ella volvía a ser la misma de siempre. Se echó a reír y se levantó de la cama. Los dos bajaron a la cocina, que parecía no haber sido utilizada nunca. Alejandro la sorprendió sacando arroz y un par de latas de la alacena. Quince minutos más tarde, había preparado un delicioso plato de arroz con verduras.

–¡Qué rico! –exclamó ella después de probarlo–. ¿Hay algo que no se te dé bien?

–Muchas cosas, pero no te aburriré contándotelas.

Unas cuantas horas más tarde, cuando él se levantó para ir a trabajar, trató de no despertarla, pero Kitty se sentó en la cama. Aún tenía unas profundas ojeras en el rostro. Alejandro frunció el ceño. Había sido muy egoísta. Tantas noches de sueño interrumpido le estaban pasando factura a Kitty.

–Túmbate y descansa.

–¿Y perderme la oportunidad de explorar Nueva York? Nunca.

–Por favor... - dijo él. Solo quería que dejara de estar tan pálida–. Descansa unas horas más y luego reúnete conmigo para almorzar. Te enviaré un coche.

–Puedo encontrar el camino yo sola.

Desgraciadamente, Kitty no pudo reunirse con Alejandro para almorzar. Le envió un mensaje y le dijo que se reuniría con él en el apartamento antes de cenar.

Aparentemente, se había entretenido demasiado en las tiendas. Alejandro se sintió desilusionado, pero se alegró. Kitty debía de sentirse mejor. Aquella noche la llevaría a cenar al mejor restaurante vegetariano de la ciudad.

Cuando llegó a casa, ella estaba preparada.

—¿Dónde vamos? —le preguntó antes de que él pudiera decirle hola.

Alejandro no respondió. Estaba demasiado ocupado mirándola. Por primera vez, Kitty no iba de negro. Llevaba un precioso vestido verde botella que enfatizaba su esbelta figura y que, también por primera vez, dejaba al descubierto sus pecas. Estaba espectacular.

—Estás guapísima —le dijo.

—Eso se lo dices a todas para poder acostarte con ellas.

—De verdad sabes cómo insultar a un hombre, pero es a ti a quien realmente insultas. No soy un animal que se acuesta con cualquiera cuando puede —le espetó él—. Me puedo acostar con las mujeres más hermosas del mundo. Tengo una lista interminable de modelos, pero te he elegido a ti. Solo a ti. Una y otra vez. ¿A qué crees que se debe eso?

—Estás pasando una mala racha.

Alejandro soltó una carcajada.

—Si prefieres quemarte a ti misma por las inseguridades que tienes sobre tu aspecto, tú verás.

Kitty lo miró muy fijamente y, de repente, se echó a reír.

—Tienes razón. He sido una estúpida.

Alejandro le enmarcó el rostro entre las manos.

—No... eso no. Ahora, tenemos que marcharnos. Vamos a ir al mejor restaurante vegetariano de la ciudad. No tienes ni idea de lo que he tenido que hacer para conseguir mesa con tan poca antelación.

—¿Vas a ir a un vegetariano por mí?

–Solo esta noche, para que, por una vez, seas tú la que puede elegir. Pero antes de irnos...

Alejandro sacó el collar de diamantes de un bolsillo.

–¿Lo tienes?

–Claro. Te ruego que te lo pongas.

–No puedo. No me pertenece.

–Tú corriste un gran riesgo para recuperarlo.

–¿Acaso no hay alguien por quien serías capaz de hacer cualquier cosa, Alejandro? –le preguntó ella–. ¿Sea cual sea el coste o el riesgo?

Alejandro mantuvo la sonrisa en los labios, pero experimentó un enorme vacío en el estómago. Ella amaba de un modo en el que él no podría hacerlo nunca. El coste de amar de ese modo era demasiado grande.

Capítulo 12

K ITTY?
Era imposible que ya hubiera amanecido. Kitty
protestó y abrió los ojos.

Alejandro ya estaba levantado, aseado y vestido con unos vaqueros, tan guapo como siempre. ¿Cómo era posible que, tal y como le ocurría siempre, no se hubiera despertado cuando él? Le había ocurrido hasta cuando él tenía sus pesadillas.

–¿Te apetece un café?

–No, gracias.

Trató de sonreír, pero el olor del café le daba náuseas. Tuvo que darse la vuelta para que él no viera su reacción.

De repente, sintió unas incontenibles ganas de vomitar, pero se quedó completamente inmóvil. Aterrada. Su intuición femenina la estaba avisando demasiado tarde. ¿Cuándo tenía que tener el periodo? Frunció el ceño. Ella era bastante regular y debería haberlo tenido a finales de la primera semana que Alejandro pasó en Nueva York. Había estado tan distraída que no había pensado en ello. Hasta aquel momento.

–He pensado que me voy a tomar el día libre –dijo él–. Así podré visitar la ciudad contigo –añadió mientras se sentaba en la cama.

–Oh.

Kitty trató de pensar. Necesitaba tiempo para comprobar que se estaba dejando llevar por el pánico sobre algo que no existía. El pulso le latía con fuerza mientras trataba de encontrar una excusa.

–Sigo sintiéndome muy cansada... creo que necesito dormir un poco más. Tal vez más tarde.

–¿Te encuentras bien? –le preguntó Alejandro muy preocupado–. ¿Quieres ir a ver a un médico?

–No. Solo estoy cansada –mintió–. Supongo que no estoy tan acostumbrada como tú a tanto trajín por las noches –añadió con una sonrisa.

–Está bien –dijo él poniéndose de pie–. Mándame un mensaje de texto más tarde y te diré cómo voy.

–De acuerdo.

En cuanto Alejandro se marchó, Kitty se vistió rápidamente y bajó a la calle. Tras preguntar en un café, se dirigió a la farmacia más cercana. Allí compró una prueba de embarazo y regresó corriendo al apartamento. El resultado apareció casi inmediatamente.

Estaba embarazada.

Tras repetir la prueba, obtuvo el mismo resultado. Se sentó en el suelo del cuarto de baño y trató de ordenar sus sentimientos. Después de la incertidumbre y el miedo, experimentó una gran tranquilidad. Se colocó la mano sobre el vientre. Allí dentro había una pequeña vida. El hijo de Alejandro. Su corazón estalló de amor incondicional y, de repente, no se sintió en absoluto desafortunada.

Entonces, pensó en Alejandro y en cómo se lo tomaría él. Sabía que un hijo era lo último que él deseaba. Ni quería tener un hijo ni la quería a ella. comprendió que la felicidad de los últimos días solo había sido una fachada.

Se puso de pie rápidamente. No había tiempo de llorar. Tenía que marcharse. Tenía que preparar un plan antes de pensar en cómo iba a enfrentarse a él para decírselo.

Recogió sus cosas y se marchó del edificio. Tomó un

taxi para ir al aeropuerto y utilizó el poco crédito que le quedaba en su tarjeta para comprar un billete de avión a Londres. Entonces, apagó el teléfono. Lo tuvo así hasta que llegó a su apartamento, muchas horas después. Cuando lo encendió para llamar a Teddy, sonó inmediatamente. Era Alejandro.

Decidió no contestar. Tenía que encontrar el plan perfecto antes de hablar con él. Sabía que él no quería casarse ni tener hijos, pero le daba la sensación de que trataría de hacer lo correcto con ella. Por lo tanto, tenía que demostrarle que podía hacerlo sola y que él podía seguir libre. Aquel bebé no supondría diferencia alguna en su vida. Jamás utilizaría aquel embarazo para pedirle nada. Por ello, tenía que apartarlo de su vida hasta que hubiera podido demostrar que podía ser completamente independiente.

Llamó a Teddy.

—Kitty —le dijo su hermano en cuanto respondió—, Alejandro lleva horas llamándome para preguntarme si sabía dónde estabas y si te encuentras bien. ¿Te encuentras bien?

—Necesito tu ayuda. ¿Dónde estás ahora?

Decidió no contarle nada. Solo que necesitaba un lugar en el que refugiarse. Fue directamente a ver a su hermano y luego a tomar un tren.

Tardó noventa minutos en reunir el valor necesario para llamar a Alejandro. Ya se sentía más tranquila y solo tendría que bloquear el dolor unos minutos más.

—¿Dónde diablos estás? —le preguntó él en cuanto escuchó su voz—. Kitty, ¿qué ha ocurrido?

—Nada. Solo me di cuenta de que había cometido un error y regresé a Londres. Se ha terminado, Alejandro...

—¿Qué clase de error?

—Marcharme a Nueva York. Tener una aventura contigo.

—¿Hay otro hombre?

—Sí —mintió ella.

—No te creo. Ha ocurrido algo. Cuéntamelo.

—Es muy sencillo —dijo ella tratando de serenarse—. He conocido a otra persona. Quería decírtelo antes de que lo descubrieras de otro modo. Fue muy divertido mientras duró...

—¿Dices que estás en Londres? Está bien. Voy en el próximo vuelo.

—¡No! —exclamó ella—. No me encontrarás, Alejandro. Acéptalo y sigue con tu vida.

Con eso, dio por terminada la llamada.

Durante un momento, Alejandro se sintió cegado por la ira. La encontraría y descubriría la verdad o... ¿Qué? ¿Qué haría?

Se le heló la sangre en las venas. Sintió vergüenza por lo enfadado que había estado hacía unos segundos y lo dolido que se sentía. A pesar de todo, sabía que ocurría algo malo. Muy malo. Por eso Kitty había salido huyendo. Se había marchado a Cornualles después de lo de su prometido. De niña, se escondía en su habitación secreta cuando su padre la defraudaba. Huir. Eso era lo que hacía siempre.

Cuando la llamó de nuevo, Kitty no contestó. No volvió a contestar a sus llamadas.

Capítulo 13

TEDDY Parkes-Wilson se irguió y sacudió la cabeza.

—No te voy a decir nunca dónde está —le dijo a Alejandro antes de que él tuviera oportunidad de hablar—. Di lo que quieras o haz lo que quieras. No me lo sacarás nunca.

—Relájate. Yo no te pediría nunca que traicionaras su confianza. No te respetaría si lo hicieras. La encontraré de todos modos.

—¿Aunque ella no quiera que la encuentres?

—Sí. Tenemos que resolver este asunto cara a cara.

Alejandro necesitaba verla una última vez. Necesitaba comprender. Poder asegurarle que no tenía que huir de él. Creía que, al menos, se merecía una explicación. Se negaba a ser alguien a quien se temía. Aquella era su peor pesadilla.

—Creo que esto te pertenece —le dijo a Teddy entregándole el collar de diamantes.

—Así es, pero no me lo merezco. Se lo daré a Kitty.

Alejandro salió del pequeño estudio de ensayos sin saber dónde estaba Kitty. No estaba en Cornualles. Aquello sería demasiado evidente. Tampoco con su padre. Suponía que seguramente había utilizado algunos de los recursos de Teddy, pero él también los tenía. Los utilizaría todos para encontrarla.

Tuvo que pasar casi un mes desde la primera llamada

antes de que el investigador privado que había contratado pudiera llamarle para decirle algo de provecho.

—Uno de los amigos del teatro de su hermano tiene una finca en las Highlands. Allí hay una pequeña casita que se alquila para estancias vacacionales. Alguien la ha alquilado para pasar allí los próximos meses.

—¿Es ella?

—Creo que sí, pero le enviaré una foto para confirmarlo.

Alejandro cortó la llamada y miró el teléfono con impaciencia. Cuando la foto llegó, contuvo la respiración y se alegró de estar sentado. La imagen estaba tomada desde cierta distancia, lo que significaba que estaba algo borrosa. Alejandro la reconoció inmediatamente. Llevaba un abrigo negro de lana y el cabello suelto. Estaba tan pálida como siempre y sus pecas eran igual de hermosas. Sin embargo, sus ojos de color esmeralda carecían de vivacidad.

Llamó al detective inmediatamente.

—Deme la dirección.

—Ya se la he enviado en un mensaje de texto.

—¿Está allí sola?

—Sí.

Alejandro cortó la llamada con un cierto alivio. Iría a verla inmediatamente. Salió corriendo de su despacho y fue al aeropuerto. Tomó un vuelo a Glasgow y desde allí fue en coche hasta la finca. Horas después, cuando por fin aparcó frente a la casa, comprobó que estaba vacía. Lanzó un gruñido de frustración. ¿Se habría enterado de alguna manera de que él iba de camino y se habría marchado? Imposible. No se lo había dicho a nadie.

Se asomó por la ventana de la casa para ver si aún estaban sus cosas en el interior. No vio nada.

De repente, oyó ladrar a un perro. Rodeó la casa para ver mejor. Un setter irlandés corría hacia él por delante de una delgada figura. Ella llevaba un gorro de lana, pero no lograba ocultar del todo el rojo cabello. Por supuesto, ella iba vestida de negro. Llevaba unos leggins y un jersey de lana que se amoldaba a sus curvas.

Había salido a dar un paseo y tenía un ligero rubor en las mejillas, que desapareció en cuanto se percató de la presencia de Alejandro. Kitty se detuvo en seco y se colocó una mano sobre el vientre.

–¿Cómo me has encontrado?

Alejandro no pudo responder. No podía dejar de mirar los cambios que se habían producido en su cuerpo. Cambios pequeños aún, pero evidentes para él. Los senos eran más rotundos, como lo era su vientre. Kitty estaba embarazada. Estaba seguro de ello. Igual que lo estaba de que aquel niño era suyo. Esa era la razón de que hubiera salido huyendo. Tan solo necesitó mirarla a los ojos para saber cuáles eran sus planes: iba a tener a su hijo. Lo amaría. No habría podido esperar otra cosa de ella.

Durante un instante, se quedó en silencio. La rabia le abrasaba por dentro. No se había sentido tan herido desde que...

Cerró los ojos para bloquear el recuerdo. Aquello no era lo que quería.

–La sangre de ese canalla... –murmuró. Era incapaz de moverse o de articular más palabras.

–Alejandro...

Él levantó las manos para impedirle que se acercara. Estaba demasiado furioso.

–Necesito tiempo –le espetó–. Tú has tenido semanas para acostumbrarte a esto... Dame... dame...

Kitty se detuvo en seco. La vergüenza la atenazaba. Él lo sabía. La había descubierto y por eso estaba tan enfadado. No le culpaba. Debería habérselo dicho antes, pero los días habían ido pasando. Solo le había preocupado esconderse. Había sido una cobarde. Ya no podría seguir siéndolo. Tragó saliva.

–Estaré en la casa cuando quieras hablar –le dijo.

Entró en la casita y dejó la puerta abierta. El perro no tardó en avisarla de que Alejandro había entrado también.

–¿Estás bien? –le preguntó él.

–Sí –respondió ella. Se acercó a él y trató de colocarle una mano sobre el rostro, pero Alejandro se apartó. Dolida por su rechazo, se dio la vuelta–. Prepararé un té.

–No es necesario. No voy a tardar mucho.

–Sé que no quieres hijos –dijo ella anticipándose–. Por eso me marché. No espero nada de ti.

–No me diste oportunidad –replicó él mientras se daba la vuelta para mirar por la ventana–. Saliste huyendo sin hablar conmigo. Has tomado la decisión sin consultarme. Supongo que no hay más que decir.

–Tal vez tú no quieras este bebé, pero yo sí.

Él se dio la vuelta y la miró con desaprobación.

–Lo quieres por las razones equivocadas. Quieres tener ese bebé para que alguien te ame –le espetó.

Atónita, Kitty lo miró con la boca abierta.

–No fui yo la que no se tomó la molestia de ponerse un preservativo. No fui yo la que...

–Llevas toda tu vida deseando que alguien te adore y ahora crees que lo tienes.

–No he planeado esto –insistió ella.

–Pero ¿qué vas a hacer cuando las cosas se pongan difíciles? ¿Vas a abandonarlo entonces?

–¡Por supuesto que no! ¿Y sabes una cosa? No hay nada malo en querer ser amada. Ni en querer amar a alguien. Al menos, yo no tengo miedo de intentarlo. Tú no dejas entrar a nadie en tu vida. Al menos no de verdad. Básicamente, compras su compañía con tu éxito y tus... habilidades. No es el sexo lo que me preocupa. Es la superficialidad. Mantienes todo a un nivel superficial para que nadie te haga daño –susurró. Vio que Alejandro palidecía delante de ella y se arrepintió de lo que había dicho–. Ni siquiera me puedo imaginar el horror que sentiste de niño, pero estás impidiéndote sentir nada más que un superficial placer. Utilizas el sexo como un relajante muscular. Tú te mereces mucho más que eso.

—No lo comprendes.

—Entonces deja que lo comprenda. Háblame.

—¿Del mismo modo en el que tú hablaste conmigo?

—Lo siento. Siento mucho no habértelo dicho. Lo siento si te hice daño.

—Es mucho más que todo eso –admitió él–. Cuando regresé la primera vez de Nueva York, sentí celos de tu hermano. No puedo obsesionarme de esc modo, Catriona. No me puedo convertir en un monstruo.

—Tú nunca serás un monstruo.

—Pues ya he empezado. Te llevé a Nueva York porque no podía soportar no saber qué era lo que estabas haciendo ni con quién estabas. ¿Tan controlador soy que no te puedo dejar a solas? Eso no es normal. Y nunca quise extender el veneno que llevo en las venas.

Kitty comprendió por fin a qué se refería.

—Este bebé es totalmente inocente, igual que lo eras tú. Tú no eres tu padre, Alejandro. No lo serás nunca.

—Tengo sus ojos.

—Tal vez, pero no eres él. ¿Es eso la causa de tus pesadillas?

—No puedo correr el riesgo. No puedo...

—¿Acaso no merece la pena intentarlo por nosotros?

—Tú te mereces a alguien mejor que yo, Kitty.

—Todo cl mundo siente inscguridades. Yo también sentí celos de todas las mujeres que había habido en tu vida, pero lo intenté. Tú mereces la pena para mí. Esto merece la pena.

—Tanto que saliste huyendo sin darme explicación alguna.

–Tenía miedo. No por que tú me pudieras hacer daño físicamente, pero quería más de lo que tú querías darme a mí. Quiero que me ames porque yo te amo a ti.

–Eso no puede ocurrir –repuso él sacudiendo la cabeza.

–¿Porque no quieres volver a sufrir?

–Porque no puedo hacerle a mi hijo lo que mi padre me hizo a mí. Me destrozó la vida, Kitty. Destruyó todo lo que yo tenía. No puedo ser el hombre que necesitas que sea. No puedo ser él. No puedo.

–Eso es porque no me amas.

–Precisamente porque sí te amo es por lo que no puedo....

–¿Qué? ¿Qué es lo que acabas de decir?

Kitty sintió que se le llenaban los ojos de lágrimas y que el corazón se le rompía por los dos. ¿Por qué Alejandro no podía intentarlo? Le enmarcó el rostro entre las manos y sintió que el corazón estaba a punto de estallarle de desilusión y de deseo. De amor. Se puso de puntillas y le dio un beso.

Alejandro permaneció inmóvil mientras ella le besaba. Se contenía, pero a duras penas. Kitty siguió besándolo. No le importaba nada más. En aquellos momentos, solo necesitaba sentirlo y tocarlo. Tenerlo a su lado. Amarlo.

Cuando ya no pudo contenerse más, Alejandro le rodeó la cintura con los brazos y le devolvió el beso. Entonces, la llevó contra la pared. Ella lo agradeció. Le ayudó. Se bajó las braguitas y luego hizo lo mismo con la cremallera del pantalón de él. Al menos lo tendría de aquella manera. Lo había echado tanto de menos....

Por una vez, no fue la culminación de un desafío o el acto final de un juego de seducción. Solo había sentimientos. Un beso final. Una unión final. El dolor de la despedida. De todo el amor que habían perdido.

—Por favor...

Ella se arqueó y le ayudó a colocarse. Alejandro estaba erecto y ella muy húmeda, por lo que se hundió en ella de un poderoso envite. Kitty gritó de placer... y de dolor emocional. Sintió gozo y, al mismo tiempo, que el corazón se le rompía en mil pedazos.

—Lo siento mucho —Alejandro la miraba con ojos atormentados—. Nunca he querido hacerte daño.

—No importa.

Merecía la pena. Él siempre merecía la pena.

Mientras movía las caderas, notó que las lágrimas le caían por las mejillas. Alejandro se las secaba, pero no paraban de caer.

—Lo siento, Kitty.

Ella lo miró a los ojos. Ya no iba a ocultarle sus sentimientos. Lo abrazó con fuerza y lo besó una y otra vez. Lo amaba. No se arrepentiría nunca de nada. Y no quería que nada de aquello terminara.

Cuando las sensaciones le resultaron imposibles de soportar, demasiado exquisitas, gritó con fuerza. Alejandro se movió violentamente contra ella y gruñó de placer. Kitty decidió atesorar aquel instante, porque eran los últimos momentos que iba a disfrutar con él. Todo terminaría en un suspiro.

—Te amo, Alejandro —susurró sin poder contenerse—. Te habría amado a pesar de todo.

Él no respondió. Ni la miró, ni le habló ni hizo nada. Un instante después, se apartó de ella. Tardó un momento en colocarse la ropa y dar un paso atrás. Tenía la cabeza gacha y evitaba mirarla a los ojos. Sin embargo, Kitty no tenía miedo de mirarlo a él. Ya no había nada que temer. Lo peor había ocurrido. Estaba ocurriendo.

Vio cómo, sin decir ni una sola palabra, él se marchaba de su vida.

Capítulo 14

KITTY recibió un paquete del abogado de Alejandro poco menos de una semana después. Mediante un montón de documentos, se le explicaba que Alejandro había estipulado una cuantiosa cantidad de dinero para su hijo, que se guardaría hasta su mayoría de edad, junto con una pensión mensual que bastaba para dar alojamiento, comida y ropa para diez niños. Además, le regalaba Parkes House con todo su contenido. Sin ataduras. No sería del niño o niña cuando cumpliera la mayoría de edad. Le pertenecería a Kitty para siempre.

El abogado le informaba también de que Alejandro regresaba a Nueva York y que, cuando tuviera que volver a Londres por motivos de trabajo, se alojaría en un hotel.

Ella sintió que se le endurecía el corazón. A pesar de que sabía que las intenciones de Alejandro eran buenas, no quería nada de lo que él le ofrecía. Ni dinero ni seguridad.

Los días fueron pasando lentamente. Lo echaba tanto de menos...

Unos cuantos días después, su hermano fue a verla.

—¿Cómo estás?

—Estoy bien, Teddy.

—¿Lo has visto?

—Sí. Todo ha terminado entre nosotros.

Teddy se metió la mano en el bolsillo y sacó el collar de diamantes.

—Me lo dio Alejandro, pero debería haber sido tuyo desde el principio —comentó Teddy mientras se lo daba a ella.

Kitty lo miró durante un instante.

—¿Te importaría que lo vendiera?

—¿Por qué quieres hacerlo? —le preguntó Teddy escandalizado.

—Porque necesito olvidarme de él.

—¿Estás segura de que no podéis arreglarlo? Parecía destrozado. Como tú.

—Es mucho más complicado que eso... Es mejor así. Él no quiere intentarlo, Teddy. No quiere.

Media hora más tarde, Teddy le estaba preparando unas tostadas que ella no quería comer. Se sentía más tranquila. Tenía que aceptar que Alejandro no iba a regresar. Todo había terminado entre ellos. No obstante, tenía que cuidar de su bebé, un bebé que la amaría incondicionalmente y al que ella amaría del mismo modo. Haría todo lo que pudiera para que aquel niño creciera sano y feliz. No le transmitiría sufrimientos de generaciones pasadas.

Decidió que había llegado el momento de que recobrara la compostura y siguiera con su vida.

—¿Puedo volver a Londres contigo? —le preguntó a su hermano.

—Por supuesto.

Nueva York. La ciudad en la que olvidarse de todo. La ciudad en la que podía conseguir todo lo que quisiera. A quien quisiera.

Excepto a la que realmente deseaba.

Se marchó de su despacho para ir a uno de sus restaurantes favoritos. Había llegado el momento de seguir con su vida. Por fin lo había solucionado todo y había organizado un buen acuerdo para ella y el bebé. Tenía la conciencia tranquila. Había hecho todo lo que había podido. Volvería a disfrutar de la vida. Retomaría con facilidad su vida social.

Cuando llegó al restaurante comprendió que no era tan fácil. Los que lo esperaban lo saludaron con alegría y una cierta curiosidad velada que prefirió ignorar. Trató de escuchar con atención la conversación como hacía antes, pero todo carecía de interés para él. Miró a su alrededor y fue incapaz de sonreír.

Se excusó y se marchó rápidamente. Lo mejor sería entregarse al trabajo. Al menos, eso era algo productivo. Como tenía oficinas por todo el mundo, siempre había una que estuviera abierta. Siempre había correos que enviar o asuntos de los que ocuparse. Encontraría la manera de evitar su soledad.

«¿A quién le vas a dejar tantos millones?».

Se imaginó un bebé de cabello pelirrojo. Aquella imagen desbloqueó los recuerdos que llevaba días evitando. El rostro de Kitty. El modo en el que lo desafiaba. El modo en el que lo miraba.

«Te amo, Alejandro».

Ella tenía razón. Era un cobarde. Kitty se merecía a alguien mucho mejor que él.

«Conviértete entonces en lo que ella necesita».

Trató de luchar contra aquella vocecita interior que le ofrecía una esperanza, una posibilidad. Un sueño. Aquello era lo mejor. Kitty lo olvidaría todo. Estaba mejor sin él.

Días más tarde, casi a medianoche, recibió un correo electrónico. El remitente era Teddy Parkes-Wilson. ¿Habría ocurrido algo?

Abrió el mensaje y vio que no había nada escrito. Tan solo un enlace para otro sitio web. Sin comprender muy bien de qué se trataba, pinchó el enlace.

Se trataba de un sitio de subastas, más concretamente de una serie de listados de un vendedor. Alejandro no tardó en reconocer los primeros objetos. Todos eran vestidos de diseño. Negros. Y los zapatos. Kitty iba a subastar todo lo que había comprado con su dinero. En los comentarios, se explicaba que todo el dinero recaudado se donaría a una organización benéfica que se ocupaba de atender a las víctimas de la violencia de género.

Sintió que se le hacía un nudo en la garganta, pero siguió mirando. Había tantos recuerdos vinculados a aquellos vestidos... Entonces, vio algo que le partió el corazón. El collar de diamantes. En aquella ocasión, el dinero no estaba destinado a una organización benéfica. Alejandro comprendió por qué.

Teddy se lo había dado a ella y Kitty lo iba a utilizar para encauzar su futuro. El dinero que él le había ingresado en la cuenta que había creado para ella estaba intacto. Lo ahorraría para su hijo, pero no tocaría nada para ella. Su integridad y su orgullo no se lo permitían. Era su manera de seguir su vida con independencia. Estaba dispuesta a sacrificar algo que adoraba para beneficiar a otra persona. Siempre ponía a los demás primero, incluso cuando no era necesario.

En aquella ocasión no sería así. Alejandro no se lo permitiría.

Capítulo 15

QUÉ LE ha pasado a mi enlace para la subasta?
—preguntó Kitty mientras trataba de entender lo
que le decía el operador de atención al cliente—.
Ya no veo ninguno de los artículos que anuncié.

—Estamos investigándolo. La llamaremos cuando
tengamos alguna respuesta.

Kitty colgó el teléfono con un suspiro y se centró en
su tarea. Tenía que mantenerse ocupada, trabajando y
mirando hacia el futuro. Estaba a punto de empezar a
diseñar un láser para un transportador interestelar cuando
alguien llamó a la puerta.

—Alejandro... —susurró. Dio un paso atrás, consciente de que llevaba puesta su peor ropa, la que utili-
zaba para pintar.

—¿Puedo entrar?

—Por supuesto. Sigue siendo tu casa.

Él no contestó. Se limitó a entrar en la casa. Ella lo
siguió mientras trataba de limpiarse las manos en los
leggins.

—¿Estás haciendo más decorados? —comentó él al
entrar en la cocina.

—Sí. Les gustó el escudo y me han encargado más cosas.

—No me sorprende.

—¿En qué te puedo ayudar?

Alejandro se metió la mano en el bolsillo y sacó el
collar de diamantes de la tía abuela Margot.

—¿De dónde lo has sacado?

—No vas a venderlo, Kitty. Significa demasiado para ti.

—¿Cómo lo has conseguido?

—Lo he comprado. Y tus vestidos.

—¿De mi subasta? ¿Lo has comprado todo?

—Sé que es una tontería, pero no podía soportar que pudiera ponérselos otra persona.

—Has pagado dos veces esos vestidos.

—No me importa.

—Alejandro... ¿Por qué has hecho eso? —le preguntó con los ojos llenos de lágrimas.

Alejandro se apartó de ella. Tenía muchas cosas que decirle y perdía la pista de todo cuando la miraba.

—Tengo que hablarte de mi padre.

—No tienes por qué hacerlo.

—Sí. Te lo ruego —insistió él. Se sentó lejos de ella para no sentir la tentación de tocarla. Tenía que conseguir que ella lo comprendiera—. No me gusta hablar de ello, pero recuerdo muchas cosas. Antes de aquel día habían ocurrido más cosas. Él era posesivo. Celoso. Pegaba a mi madre y me pegaba a mí. Tenía celos de mí. Decía que mi madre pasaba más tiempo conmigo que con él. Que me amaba más a mí que a él. Como si fuera una competición.

Kitty no dijo nada. Se limitó a sentarse a su lado.

—Cuando mi madre decidió dejarle para siempre, él se volvió loco. Nos buscó y fue a por ella. Mi madre se colocó delante de mí. Murió protegiéndome. Eso es lo que hacen las madres. Luchan por sus hijos. Hacen lo que sea por ellos. Los padres deberían hacerlo también. Deberían querer a sus hijas tanto como quieren a sus hijos.

—Alejandro...

—Creo que mi padre confundió el amor con la posesión. Se negó a dejarla marchar porque la consideraba suya. Yo me prometí a mí mismo que jamás iba a ser como él con ninguna mujer. No me iba a casar nunca. No iba a tener hijos. Todo resultó fácil y claro durante mucho tiempo. Entonces, tú entraste en mi casa y yo me convertí en una copia de mi padre.

–No.

–Te encerré en la biblioteca. Aquella noche me porté muy mal contigo.

–No fue tan malo. En realidad, fui yo la que me metí en tu casa. Fui yo la que lo hizo mal.

–Pero yo me aproveché de ello. Tú solo querías lo que siempre debería haber sido tuyo. El collar.

–Yo también te quería a ti. Te vi y me fascinaste. Te deseé un segundo después de verte. En eso, tú fuiste más sincero que yo. Cuando te conocí, no tuviste que convencerme mucho para que me quedara allí contigo. No me amenazaste ni una sola vez.

–Pero tuviste que quedarte porque yo tenía algo que querías.

–Lo que en realidad quería eras tú. Si hubiera querido marcharme, no me lo podrías haber impedido nunca. El collar fue el catalizador de la atracción que había entre nosotros. Yo no quería admitir lo atraída que me sentía por ti porque me abrumaba. Sin embargo, me quedé y, cuando te conocí, empezaron los problemas.

–No quiero que seas infeliz. No quiero que te sientas atrapada –dijo Alejandro. Le resultaba imposible creer lo que ella le estaba diciendo–. Necesito poder dejar que te marches. Tengo que hacerlo porque tengo miedo de mí mismo. Sin embargo, me he dado cuenta de que temo más una vida sin ti. Lamento tanto haberme marchado de tu lado aquel día en Escocia... lo siento tanto...

A Kitty le costaba creer que él hubiera ido a verla. Tenía miedo de preguntarle los motivos de su visita. No podría soportar que se le rompiera el corazón en dos ocasiones.

–Tengo que decirte una cosa. Me hicieron la primera ecografía ayer. Todo está bien. Voy a tener gemelos.

–Gemelos...

–Sí. Por eso se me nota más el embarazo de lo que se notaría normalmente a estas alturas. Es cosa de familia –añadió Kitty con una sonrisa. Vio que él se tensaba–. No es que heredemos...

–No pasa nada. Solo se trata de que no quiero que pienses que estoy aquí por el bebé... por los bebés. El embarazo es irrelevante para mí. Es a ti a quien quiero, pero no sé cómo ser padre... Nunca tuve un buen ejemplo. Tampoco he tenido nunca una relación que haya durado más de un mes –añadió acercándose suavemente a ella–, pero contigo lo quiero todo, Kitty. Te deseo. Te amo.

–Yo tampoco sé cómo ser madre –susurró ella tímidamente–. Supongo que es cuestión de instinto. Con un poco de ayuda, nos irá bien. Eres un buen hombre, Alejandro. Y yo te amo.

–Me has cambiado la vida. Te quiero tanto, Kitty... Quiero ser el hombre que tú necesitas. Voy a serlo.

–Ya lo eres –afirmó ella–. Ya lo eres.

Alejandro sonrió débilmente. Entonces, se metió la mano en el bolsillo.

–Te he traído otra cosa.

Sacó un pequeño estuche de terciopelo. Lo abrió y le mostró un precioso anillo de diamantes.

–El joyero trabajó contra reloj para hacerlo en el mismo estilo que el collar, pero, si no te gusta, podemos comprar otro.

–No quiero otro.

–No tienes que ponértelo.

–Basta ya. Me encanta. Pero no tenías que hacerlo. Con que hayas venido es más que suficiente.

–Bueno, también he traído estos... para la semana que viene.

Kitty miró las alianzas que tenía en la palma de la mano.

–¿Demasiado pronto? –preguntó él con ansiedad.

–No –susurró ella–. Alejandro... tengo que sentirte de nuevo...

Él se echó a reír y se puso de pie. Arrojó las alianzas al suelo para poder tomarla entre sus brazos. Los besos fueron frenéticos y apasionados. Las ropas se rasgaron. Entonces, cuando estuvo a punto de ser de ella, Alejandro se detuvo un instante.

–Te he echado tanto de menos... no quiero hacerte daño...

–No lo harás. Yo también te deseo mucho.

Alejandro tuvo cuidado de todos modos. La tomó delicadamente entre sus brazos mientras los dos volvían a unirse del modo más íntimo y más emotivo de todos.

–Te amo –le dijo él.

Una vez. Otra. Hasta que Kitty empezó a llorar. Las lágrimas le cayeron por las mejillas. Él se las secó con sus besos y la hizo suspirar por el insoportable placer que sentía. Nunca se hubiera podido imaginar que tanta felicidad era posible.

–Dos bebés –susurró él–. Que Dios me ayude si son pelirrojos.

–Y con pecas. Pobrecitos.

–Tendrán mucha suerte de tenerlas –dijo él acariciando suavemente las de Kitty–. A ti te quedan muy bien.

Alejandro se dejó caer de espaldas a la pared y ella se colocó a horcajadas encima de él. Kitty sacudió la cabeza y le hizo cosquillas con el cabello. Gozó con el modo en el que él la miró. Por fin, creía en ellos.

–Estás loco.

Él sonrió, relajado y libre por fin.

–Loco por ti. Completamente –musitó antes de besarla tiernamente–. Para siempre.

Bianca

De ninguna manera iba a llevar su anillo…

DESEO DESATADO

MELANIE MILBURNE

El conocido playboy Loukas Kyprianos no conseguía olvidar su noche con la dulce e inocente Emily Seymour. Pero cuando llegó a Londres para ofrecerle una relación pasajera, descubrió que su noche de pasión había tenido consecuencias…. ¡Emily estaba embarazada!

A pesar de su maravillosa noche juntos, Emily sabía que Loukas no podía proporcionarle el cuento de hadas con el que siempre había soñado… Cuando él insistió en que se casaran, accedió solo por el bien de su hijo. Pero pasar tiempo juntos avivó el deseo que sentían el uno por el otro, y cuando la actitud protectora del irresistible griego se transformó en seducción, Emily no tardó en sucumbir a sus caricias.

Acepte 2 de nuestras mejores novelas de amor GRATIS

¡Y reciba un regalo sorpresa!

Oferta especial de tiempo limitado

Rellene el cupón y envíelo a

Harlequin Reader Service®
3010 Walden Ave.
P.O. Box 1867
Buffalo, N.Y. 14240-1867

¡Si! Por favor, envíenme 2 novelas de amor de Harlequin (1 Bianca® y 1 Deseo®) gratis, más el regalo sorpresa. Luego remítanme 4 novelas nuevas todos los meses, las cuales recibiré mucho antes de que aparezcan en librerías, y factúrenme al bajo precio de $3,24 cada una, más $0,25 por envío e impuesto de ventas, si corresponde*. Este es el precio total, y es un ahorro de casi el 20% sobre el precio de portada. !Una oferta excelente! Entiendo que el hecho de aceptar estos libros y el regalo no me obliga en forma alguna a la compra de libros adicionales. Y también que puedo devolver cualquier envío y cancelar en cualquier momento. Aún si decido no comprar ningún otro libro de Harlequin, los 2 libros gratis y el regalo sorpresa son míos para siempre.

416 LBN DU7N

Nombre y apellido	(Por favor, letra de molde)	
Dirección	Apartamento No.	
Ciudad	Estado	Zona postal

Esta oferta se limita a un pedido por hogar y no está disponible para los subscriptores actuales de Deseo® y Bianca®.
*Los términos y precios quedan sujetos a cambios sin aviso previo.
Impuestos de ventas aplican en N.Y.

SPN-03   ©2003 Harlequin Enterprises Limited

Se vio obligada a aceptar un trato matrimonial con aquel despiadado italiano...

PADRE POR CONTRATO

JANE PORTER

Mientras criaba al hijo que le había dejado su hermana al morir, Rachel Bern estaba desesperada y sin dinero. Como la familia del padre del niño no había hecho caso de sus intentos de contactar con ella, no tuvo otro remedio que ir a Venecia a hablar con los Marcello.

Haber perdido a su hermano había dejado destrozado a Giovanni Marcello. La aparición de Rachel con su supuesto sobrino le cayó como una bomba y creyó que ella tenía motivos ocultos para estar allí. Besarla serviría para revelar el engaño, pero la apasionada química que había entre ambos hizo que Gio volviera a examinar la situación.

Quiso imponer un elevado precio por reconocer a su sobrino, pero Rachel no pudo evitar sucumbir a sus exigencias, aunque supusiera recorrer el camino hasta el altar.

¡YA EN TU PUNTO DE VENTA!

Deseo

¿Por qué no unir las fuerzas en lugar de enemistarse?

DOBLE TENTACIÓN

BARBARA DUNLOP

Juliet Parker tenía que salvar el restaurante de su abuelo de la ruina. Por desgracia, el obstáculo principal era Caleb Watford, un rico empresario dedicado a la restauración que no solo iba a construir un restaurante al lado del suyo, sino que hacía que a ella se le acelerase el pulso al verlo. ¿Qué mejor forma de negociar había que la seducción?

Pero Jules terminó embarazada… ¡de gemelos! Nunca había habido tanto en juego, y Caleb estaba acostumbrado a ganar en los negocios y en el placer.

¡YA EN TU PUNTO DE VENTA!